Porta't bé

Mª LLUÏSA FERRERÓS

PRÒLEG DEL DR. EDUARD ESTIVILL

PORTA'T BÉ

El mètode a mida per comprendre i educar els teus fills

PRÀCTICS
COLUMNA

Tercera edició: març del 2004
Projecte gràfic: Columna Comunicació, S.A.

Columna Edicions, S.A.
Avinguda Diagonal, 662 - 08034 Barcelona
ISBN: 84-664-0345-0
Dipòsit Legal: B. 13.919-2004
Fotocomposició: Víctor Igual, S.L.
Carrer Còrsega, 237 - 08036 Barcelona
Imprès a Hurope, S.L.
Carrer Lima, 3 bis - 08030 Barcelona

Taula

Als meus pares, que m'han permès
aprendre amb el seu exemple,
i als meus fills, Natàlia i Fede,
perquè m'han donat l'oportunitat
de posar-ho en pràctica.
Amb tot el meu afecte, per la seva
paciència i suport incondicional.

Pròleg

Recordo bé com, ja fa uns quants anys, una desperta psicòloga, M. Lluïsa Ferrerós, assistia a les classes de Patologia del Son que impartíem a la nostra Unitat del Son de l'Institut Universitari Dexeus. Eren sessions obertes a metges i altres professionals del camp de la salut que s'interessaven pel coneixement del son. Personalment, sempre he pensat que els psicòlegs i els pedagogs han de tenir un paper important en el tractament de les patologies específiques del son, com era el cas dels insomnis, tant en els nens com en els adults.

La medicina sempre avança gràcies a altres ciències. La química i la física han estat i continuen sent bàsiques en el coneixement de les malalties i juntament amb moltes altres disciplines ens permeten arribar a nous tractaments. La psicologia i la pedagogia són dues d'aquestes ciències, abans poc valorades, que han estat fonamentals per millorar el coneixement i, conseqüentment, el tractament de problemes comuns en la infància. Els meus llibres sobre el son *Nen, a dormir*, *Vamos a la cama* i el recentment aparegut *Método Estivill. Guía rápida* així ho demostren. Els coneixements biològics sobre el desenvolupament del ritme circadià i l'ús de tècniques conductuals són les bases del reconeixement públic que han tingut.

Per aquest motiu, és un honor prologar un llibre com el de M. Lluïsa, en el qual la metodologia de la modificació conductual és la base de gairebé tots els seus savis consells. *Porta't bé* és un pràctic manual per ensenyar bons hàbits als nens i proporcionar informació als pares, de manera que se sentin una mica més segurs en el moment de prendre decisions sobre l'educació dels seus fills, no sempre fàcils, perquè els nens són molt espavilats.

Dr. Eduard Estivill
Cap de la Unitat del Son
Institut Universitari Dexeus, Barcelona

Introducció

Per què és necessari un llibre sobre com educar els fills, si resulta que cada nen és diferent, que cada situació és un món i que cada pare té una manera personal d'afrontar-ho? Precisament, perquè els nens no neixen amb un llibre d'instruccions sota el braç i els pares es troben cada dia amb el dilema d'haver de prendre petites i diferents decisions al llarg de la infància del fill. Davant de situacions com «no em menja», «no hi ha manera de treure-li el xumet», «plora per tot», «fa unes rebequeries tremendes», «no dorm a les nits», ens plantegem constantment: «Què hem de fer?».

I els nostres nombrosos dubtes tenen com a resposta tota mena de consells provinents de les fonts més diverses, des de la veïna al fill de la qual li passava el mateix que al nostre fins a l'amiga que ens avisa dels perills posteriors: «Ja ho veuràs... si li deixes fer això, no et farà cas mai més», passant per les àvies que t'intenten ajudar i sovint et confonen... I, després de tot això, encara ens falta el més important: que el pare i la mare ens posem d'acord. Aquesta és, doncs, la intenció d'aquest llibre: resoldre tots els dubtes anteriors i, sobretot, respondre a la pregunta més important: «Ho estem fent bé?», que es plantegen la majoria dels pares.

Educar vol dir posar límits a la conducta dels nostres fills, cosa que pot variar significativament depenent de l'edat. L'educació dels fills és una cursa de fons, en la qual cada dia es van assolint petits objectius que ens permetran construir uns fonaments sòlids damunt els quals s'assentaran les futures reaccions dels fills.

Cada situació genera un aprenentatge, tant per als pares com per als fills, l'educació és una tasca per a la qual fa falta una gran dosi d'observació i de paciència. Cada nen reacciona de manera diferent davant la mateixa situació i cada pare també... Per poder aplicar el nostre mètode educatiu, hem d'estar predisposats a posar-nos-hi a fons. I implicar-nos-hi tant emocionalment com intel·lectualment, ja que una de les premisses fonamentals d'aquest mètode es basa en la comprensió objectiva del vostre fill al llarg del seu desenvolupament. De la mateixa manera que el pediatre anota periòdicament el pes i l'alçada del nen, els pares han d'anotar un seguit de variables emocionals, que seran les dades objectives des de les quals aplicarem les nostres pautes educatives i extraurem conclusions útils. Aquestes conclusions no es veuran distorsionades pel que als uns o als altres els ha semblat comprendre, sentir o interpretar, sinó que seran dades reals.

Aquesta nova i revolucionària tècnica és el que facilita enormement la tasca educativa i assoleix un nivell d'eficàcia sorprenent: el 90 % dels casos en què s'ha aplicat. El mètode educatiu que proposem en aquesta obra va més enllà d'inculcar als nens que diguin gràcies quan se'ls fa un regal o que demanin les coses per favor, sinó que pretén transmetre el perquè d'aquestes conductes.

Les claus del mètode educatiu

Tenim la sensació que ser pares no és una tasca fàcil, però amb el mètode educatiu adequat tot canvia. És important tenir a mà un manual d'instruccions per saber què cal fer quan sona el senyal d'alarma. Això acostuma a succeir quan estem començant a perdre els papers i ens plantegem si hem nascut per ser pares. Pensem que ningú no ens ha ensenyat el que cal fer, i si mirem enrere per intentar prendre alguna referència útil dels nostres pares o avis, tampoc no ens serveix de gaire. Els temps han canviat i no volem incórrer en els mateixos errors. Sovint, caiem en el tòpic de pensar que si ensenyem al nostre fill a demanar les coses per favor o a donar les gràcies ja el tenim educat. Però en realitat, no és així. No són més importants les formes que el fons. El que hem d'aconseguir és que els nostres fills comprenguin i raonin els motius que hi ha al darrere, que siguin capaços de comprendre que per guanyar-se la confiança d'algú, cal començar per comportar-se bé amb els altres. I les bones maneres no són res més que una forma d'exterioritzar-ho. Però el fet de no saber-ne el perquè, ho converteix en una cosa sense sentit. Si els pares no són capaços de controlar la situació davant d'un nap-buf de dos anys que els pren el pèl contínuament, difícilment ho aconseguiran quan aquest nen en tingui dotze. Tret que posin fil a l'agulla JA!

A l'edat de dos anys, gairebé tot el que fa el nostre fill ens fa gràcia, li consentim que ens aixequi la mà (de broma, és clar), que ens digui idiotes, que ens escupi el menjar al plat, i tantes coses que en aquest moment no tenen cap importància, tot i que el missatge de fons sí que en té. Si no li ensenyem a respectar unes normes de convivència amb les persones que l'estimen més en aquest món, que són els seus pares, quan sigui gran ell no se sabrà fer respectar pels altres, no sabrà com interpretar les accions de l'altra gent i es deixarà trepitjar pels seus amics, caps, parelles, etc., perquè no haurà après a posar límits, ja que a ell mai no els hi han posat. La seva conclusió serà: «Tot s'hi val».

L'informe Delors, elaborat a petició de la Unesco per una comissió internacional sobre l'educació del segle XXI, assenyala que «els quatre pilars de l'educació» són: aprendre a fer, a conèixer, a viure junts i a ser; cosa que dóna lloc a una proposta renovadora: l'educació al llarg de tota la vida.

La tasca dels pares no dóna resultats immediats, sinó a llarg termini. Per això, no hem de perdre mai de vista les conseqüències posteriors d'allò que fem a cada moment. Tenir perspectiva ha de ser una de les nostres premisses més importants, juntament amb l'estat permanent d'observació.

Què hem d'observar?

Hi ha un seguit d'aspectes als quals hem de prestar una atenció especial. La dificultat que comporta tractar amb nens està en el fet que sovint ni ells mateixos no saben el que els passa, o no ho saben explicar. Aquí, els pares ens convertim en una mena de detectius o investigadors privats. Però per poder detectar si alguna cosa va malament amb algun dels teus fills o amb l'únic, no n'hi ha prou de passar moltes hores amb ell: cal estar permanentment alerta!

La revolució més important que introdueix aquest nou mètode és el fet de tractar amb dades objectives. Per això, no cal només estar damunt l'educació del vostre fill, sinó que cal prendre notes, amb paper i llapis, i anar elaborant un diari del seu comportament, amb les taules que us mostrem, i que hem recopilat a la part final del llibre perquè les pugueu utilitzar.

Ens interessa saber com reaccionen els fills, com es comporten, com se senten davant determinats estímuls. Si en teniu més d'un, cadascun ha de tenir el seu quadern d'anotacions. Ja que, tal com expliquem al capítol referent a créixer amb germans sense rivalitats ni gelosia, cada fill és diferent, i aquest és un mètode personalitzat, adaptat a les característiques individuals de cada nen. El motiu d'aquestes anotacions és doble: d'una banda són necessàries perquè les observacions siguin objectives, i de l'altra per facilitar el treball en equip.

Sovint, podem tenir la sensació que el nen és molt ploraner, que sempre organitza unes rebequeries de mil dimonis o que contínuament se li escapa el pipí. Però si ho apuntem tot plegat al quadern d'anotacions que us mostrem a la taula, després d'una setmana ens adonarem que són impressions nostres i, per tant, subjectives, i resulta que aquests comportaments només s'han produït en dues o tres ocasions. Amb el son o el menjar passa el mateix: quants cops hem pensat: «Que poc que dorm el meu fill», o bé «No menja gens». I en canvi, si comptéssim les hores que dorm al dia o peséssim la quantitat d'aliment que ingereix a cada àpat, ens quedaríem bocabadats. Hem de pensar que les percepcions de cadascú són diferents. Per a uns pares, que el que volen és que el seu fill s'alimenti correctament, que dormi i que tot sigui «perfecte», el fet que el nen del seu cor no s'acabi tot el puré que li posem ja vol dir que no menja; o si es desperta a les set del matí, que dorm poc; quan, segurament, si el que li posem triturat ho poséssim sencer en un plat, seria una ració d'adult, i si ens adonéssim que es desperta a les set perquè en total dorm unes quinze hores diàries, entre les gairebé tres de la migdiada i les onze de la nit, potser ens ho agafaríem amb més calma.

Així doncs, el fet de partir d'unes dades reals i objectives ens permetrà reaccionar d'una manera adequada i formar-nos una idea més fidel a la realitat de com és el nostre fill. Aquest és un punt essencial per al desenvolupament del nostre mètode.

Considerem que és de vital importància conèixer en profunditat els nostres fills, ja que aquesta és la primera pedra per construir uns bons fonaments educatius. Si no ho fem així, ens resultarà molt difícil encertar-la. Si ens plantegem la pregunta següent: «Com podré educar d'una manera eficaç i amb resultats positius un nen, que és el meu fill, i al qual no conec?», hem de reconèixer que, habitualment, per rutina, el jutgem a partir de quatre impressions personals que en tenim, com ara: el meu fill és molt entremaliat, o gandul, o tímid. Unes conclusions a les quals hem arribat perquè quan arribem a casa estem cansats, i el que volem és que el nen se'n vagi a dormir, i no ens ve de gust jugar amb ell, davant la qual cosa ell es mostra poc comunicatiu, rebel i no fa cas del que li dius. Quin és el motiu d'aquesta conducta? Està enfadat perquè no li fan tant de cas com ell voldria. Aquesta és la causa que, en la majoria dels casos, quan tenim una reunió amb els professors per parlar del nostre fill sembla que estiguem parlant de nens diferents. Resulta que a casa es comporta d'una manera i a l'escola d'una altra completament oposada. Tant pot ser que a casa es porti molt bé i a l'escola molt malament com a la inversa. El nen sol adoptar un determinat rol en funció del paper o etiqueta que li assignen els grans. Si el professor «connecta» amb el nen i està disposat a veure'l des d'un punt de vista benvolent, el nen, a classe, serà una joia. Si, al contrari, no s'estableix un bon *feeling* entre tots dos, mestre-alumne, i a més dins el grup de la classe se li atorga l'etiqueta d'entremaliat, el seu comportament s'adaptarà a aquestes expectatives.

El nen té un ampli espectre de possibilitats, ja que, segons els estudis de personalitat més avançats, el 50 % dels trets del caràcter els heretem i l'altre 50 % l'anem desenvolupant segons les experiències que anem acumulant. El nen va mostrant diferents trets del seu caràcter i utilitza els que s'adapten millor o obtenen reaccions més bones per part dels adults. Encara no té una personalitat preestablerta. Per això és important observar i anotar les seves reaccions davant de diferents situacions, tal com us proposem en les taules corresponents, segons l'edat del nen. L'objectiu d'aquestes taules és donar-nos una perspectiva real de quina és la tendència reactiva del nen, per poder adoptar les mesures per adequar aquesta reactivitat a les normes que volem que aprengui.

La nostra meta

Comprendre com pensa, com actua i per què, per poder acceptar-lo tal com és i no com voldríem que fos o com ens imaginàvem que seria. Hem de deixar de banda les nostres expectatives i aprendre a acceptar les característiques personals del nostre fill.

1. **Entendre'l: saber què li passa i per què.**
2. **Observar-lo: anotar determinades reaccions per tenir dades objectives.**
3. **Comprendre les seves reaccions.**
4. **Escoltar-lo per poder-lo conèixer millor.**
5. **Donar-li unes pautes fermes en què es pugui recolzar.**
6. **Confiar en ell i, el més important, demostrar-li-ho.**

Tot això demana una planificació, però no us espanteu! Sembla molt complicat, però no ho és. Com en gairebé tot, el que costa és engegar, fer el primer pas, però un cop superat aquest moment els resultats són immediats.

L'«equip pares» s'ha de concentrar com fan els futbolistes abans d'un partit important. Un cop presa la decisió que cal reprendre les regnes de la situació, és important i necessari que us aïlleu de la vostra vida quotidiana per poder planificar les vostres noves estratègies. Us cal «temps mort». ¿Com el podeu aconseguir? Podeu recórrer a àvies, oncles, parents i fins i tot amics, per poder col·locar els nens un cap de setmana i quedar-vos sols, recarregant piles i posant sobre el paper els pactes educatius als quals arribareu. Aquest parèntesi és bàsic com a presa de consciència de la vostra nova relació: formeu part d'un nou equip i se us assignaran diferents tasques. Però alguna cosa ha canviat: ara esteu tots dos junts davant del perill. Es tracta de donar-se suport mutu, fer-se respectar pels nens i crear un punt de suport comú perquè ells puguin créixer amb un punt de referència sòlid i estable.

Un dels perills més freqüents és que un dels membres de la parella s'aliï amb els seus fills en contra de l'altre, desautoritzant-lo sense adonar-se'n. Posem, com a exemple, una situació força típica: hi ha una celebració familiar i el pare i els nens, en perfecte estat de revista, estan esperant la mare al cotxe. Un dels fills comenta: «Ostres, la mare és una lenta, triga molt». ¿Com pot reaccionar el pare? De dues maneres completament oposades: *a*) Assentint al que diu el nen i, per tant, ratificant que no són un equip, sense donar-li suport; *b*) Contestant al nen que la mare té tot el dret del món de trigar més perquè els ha preparat la roba a tots, amb la qual cosa talla la reacció negativa del nen i li deixa clar que a l'«equip pares» no hi ha ni una fissura. Amb la segona opció, el pare, a més, està ensenyant de manera indirecta dues formes de respecte bàsiques dins del nucli familiar: respecte cap a la mare, inqüestionable, i respecte entre els membres d'una parella que s'estima.

Aquests missatges subliminals són els més efectius perquè queden gravats a l'inconscient del nen, i ell reacciona de manera automàtica, sense pensar-ho, quan es troba en situacions semblants.

Els nostres objectius

Com aconseguir que ens tinguin respecte

El respecte és una carretera de doble sentit. Els pares també hem d'aprendre a dir «gràcies» i «perdó» com cal, disculpant-nos davant els nens quan no tenim raó. Sent honestos i sincers, complint les promeses i mostrant confiança en el seu seny i el seu caràcter, s'estableix una base sòlida en la relació i els nens aprenen a respectar els pares i a ells mateixos.

Aprendre a utilitzar el «no» i a no sentir-se'n culpable

El «no» és una eina imprescindible en el procés educatiu del nen. L'ajuda a saber com ha d'actuar, quins són els seus límits i fins a on pot arribar. Però és important saber-lo racionar. Si constantment li estem dient «No ho toquis», «No t'enfilis», «No cridis», «No corris», el dia que li diguem un «no» veritablement important, com per exemple «No travessis el carrer», segurament el nen no en farà cas. Per què? Senzillament, perquè no li donarà importància a causa d'un excés d'ús. Cal aprendre a racionar el «no» segons la importància de la conducta que vulguem censurar. Hem de decidir de mutu acord quins són els comportaments (tres o quatre) que no volem consentir a causa de les conseqüències educatives que tenen, per concentrar-hi els nostres nos. No perdem el temps tractant d'aconseguir que no s'enfili al sofà a l'edat de dos anys, però no li deixem de cap de les maneres que ens digui «idiota», encara que ho faci amb molta gràcia i murrieria.

Posar límits sense remordiments

La vinculació afectiva és el motor biològic del nen, però cal saber posar límits sense sentir remordiments per aquest motiu. De fet, els nens no perceben el consentiment absolut com una cosa positiva, sinó ben al contrari. Sovint ocorre que les mares que treballen fora de casa se senten culpables pel fet de no estar tot el temps que voldrien amb els seus fills, i això els dificulta enormement la tasca de posar límits. El seu sentiment de culpa fa que siguin més permissives i que intentin compensar la manca de temps amb una tolerància excessiva. Pensen, com la Míriam: «Tenint en compte la poca estona que puc estar amb ells, no em dedicaré a més a renyar-los». I, a partir d'aquest raonament, passen a consentir-los-ho gairebé tot. Aquesta situació tan habitual en el nostre món d'avui dia els fa més mal que bé, als nens, perquè l'única cosa que ells reben és la inseguretat de la mare. Una mare, igual que un pare, en qualsevol cas només s'hauria de sentir malament quan constantment «col·loca» els seus fills, perquè l'atabalen, perquè la superen i s'estima més anar al gimnàs, o a fer unes tapes amb els amics, però mai per anar a treballar.

Actualment la societat funciona d'aquesta manera, i ens hem d'adaptar. Però es poden prendre altres mesures, com ara intentar reduir la jornada laboral, del pare o de la mare, de manera temporal, mentre són petits, o pactar amb el pare i que sigui ell qui agafi la baixa. Si es comparteixen els petits ajustaments que cal realitzar quan arriba un nen, són més passadors. És més important estar amb ell al cent per cent que el fet de passar-hi un munt d'hores. Us necessita a tots dos en plena forma, amb ganes, de tot cor, per poder dur a terme la vostra tasca sense interferències ni mala consciència.

A més de fermesa i immediatesa, l'establiment d'uns límits vàlids requereix:

• **Consistència.** No contradiguis les regles establertes per la teva parella. Els desacords sobre com criar els nens s'han de discutir en privat, mai davant el nen.

• **Claredat.** Estableix unes regles simples i explica-les clarament per endavant. El nen mai no ha de tenir dubtes sobre les normes.

• **Flexibilitat.** Amb els nens petits, la negociació és inútil. Però pactar per endavant acostuma a funcionar molt bé. Aprofita el caràcter individual de cadascun per anar ajustant les regles, de tant en tant, en funció de la seva personalitat.

• **Privacitat.** Si és possible, mai no renyis el nen en presència d'altres, siguin amics, germans o adults. El nen ho sol viure com un afront humiliant i pot continuar portant-se malament, per salvar les aparences o per demostrar que no l'afecta, quan en realitat està enfonsat.

• **Comprensió.** Raona totes les regles en comptes d'imposar-les i escolta, també, el punt de vista del nen.

• **Independència.** A poc a poc, intenta anar augmentant el paper del nen a l'hora de prendre decisions que afectin la seva vida. Anima'l a ser independent!

• **Autoritat.** Si vacil·les o et sents culpable a l'hora de disciplinar el nen, és probable que acabis fent-ho malament. Tingues el valor de confiar en el teu sentit comú.

Donar un marge de confiança i llibertat per exercir la responsabilitat

Això implica que sovint haureu de reprimir els impulsos de donar-li-ho tot fet i que el nen s'haurà d'enfrontar a la possibilitat de quedar malament davant la professora o els altres alumnes. A una determinada edat, entre els 8 i els 10 anys, depenent de la maduració individual de cada nen, cal intentar que ells mateixos es preparin la motxilla i el que necessiten per a l'endemà, la bossa d'esport, els deures... No hem de ser nosaltres qui els supervisem, sinó ells els que ens avisin del que necessiten. S'han d'acostumar a ser autosuficients, previsors, a avançar els deures, per exemple, si un dia saben que no els podran fer. I això exigeix que nosaltres anem deixant anar la corda de la seva independència a poc a poc, encara que això signifiqui deixar de sentir-nos imprescindibles per als nostres fills.

Com mantenir una actitud oberta

Quan es tenen fills, cal adoptar una actitud oberta per poder-los comprendre. Això ens exigeix, als pares, comprensió, tolerància, amor i PACIÈNCIA.

Ho portarem a la pràctica seguint aquests passos:

Mantingueu la calma. Aquesta premissa és crucial per a l'èxit d'aquest mètode. És imprescindible armar-se de paciència, respirar fondo i pensar-ho dues vegades abans de deixar-nos endur per l'enuig. La calma i la distància adequada, per poder observar la conducta des de les nostres anotacions objectives, ens donaran el control de la situació.

Aneu pas a pas. No es poden cremar etapes. Cal anar a poc a poc, però amb bona lletra. No podem començar la casa per la teulada. El nostre fill ha de confiar primerament en nosaltres per

GRÀFICA D'INCENTIUS CONDUCTUALS (0-3 anys)

• Anar al llit 								
• Controlar el pipí 								
• Higiene personal 								
• Menjar sol 								
• Vestir-se sol 								
• Endreçar 								

poder-nos fer cas. Si està acostumat que li repetim cent vegades les coses, no penseu que el primer dia ja s'haurà solucionat tot. Al vostre fill li cal temps per adonar-se que les coses han canviat; d'entrada no s'ho creurà, li ho heu de demostrar.

Escolteu-lo. Estar obert a les seves explicacions, sovint sense gaire sentit, que haurem de recapitular per comprendre el sentit del que ens volia dir, és fonamental per establir un nexe afectiu. La seva deducció és: «Si perden el temps escoltant-me és que sóc important per a ells». Quan mai tenim temps, però el deixem penjat davant del televisor i ens passem una hora al telèfon és quan el nen se sent defraudat, perquè ens interessa més el que ens explica qualsevol altra persona que no pas ell.

Premieu les conductes positives. Per fer-ho, cal utilitzar la taula d'incentius, segons les diferents edats i variant els objectius que cal treballar cada mes. La taula l'hem d'utilitzar cada dia, dins la nostra rutina a l'hora que considerem convenient, però sempre igual, de la mateixa manera. I no ens l'hem de saltar sota cap concepte. La constància és la clau de l'èxit. Hem intercalat alguna taula com a exemple per a cada edat i al final del llibre hem afegit un quadernet d'anotacions perquè pugueu comprovar l'evolució del comportament del vostre fill. Aquesta taula es fa servir únicament per seleccionar les conductes que ens interessa fomentar amb incentius positius. És a dir, que únicament fem cas al nen quan ho fa bé i, per tal que en quedi constància, enganxem l'adhesiu corresponent a la taula d'incentius.

Ignoreu els comportaments molestos. Al contrari, quan ho fa malament, ni ho veiem ni li diem res. La nostra actitud ha de ser de total indiferència. No existeixen els punts negatius ni hem de caure en el parany de restar-li o de treure-li els adhesius quan cometi algun error. Excepte quan es tracti d'errors que hem pactat com a inadmissibles, que han de ser pocs i molt escollits, com ara faltes de respecte, insults, pegar, contestar malament tant als pares i als germans com als amics. Sempre hem d'actuar amb la mateixa fermesa i de la mateixa manera. El més recomanable és treure el nen a fora, sense dir ni una paraula, per evitar que aconsegueixi cridar l'atenció amb la seva actitud transgressora, i, un cop allà, actuar com ho faríeu a casa. Un gest val més que mil paraules.

Sigueu equànimes amb els germans. És important diferenciar els comportaments de cadascun. De la mateixa manera que cal actuar amb tots igual davant d'una baralla, perquè tots estan actuant malament, cal evitar de castigar-los a tots només perquè n'hi hagi un que no hagi complert la seva part. Això seria injust. No s'ha de caure en promeses com «Si aproveu aquesta avaluació anirem tots a un parc temàtic» o «Si passeu curs, us comprarem un gos», per, després, si un d'ells suspèn, deixar-los tots sense premi. Per evitar-ho, cal reflexionar abans de prometre alguna cosa que sabem per endavant que serà difícil de complir. Perquè l'efecte negatiu és enorme: d'una banda, el germà que ho ha espatllat tot es queda molt enfonsat, perquè és el culpable de la situació, o s'adona que té a les seves mans el poder de manipular la família i es pot tornar insuportable; i, d'altra banda, els que es queden sense la recompensa als seus esforços decideixen no continuar treballant, perquè tant hi fa, el resultat és el mateix tant si estudien com si no, el premi promès no ha arribat. A la qual cosa s'afegeix la desagradable sensació que els pares els han estafat i s'han aprofitat de la seva il·lusió. O sigui que compte amb les promeses que es fan alegrement i sense pensar.

Ordre i organització. En una casa amb nens, és vital tenir-ho tot una mica programat. Els nens funcionen molt bé quan han establert un ordre, unes normes, i es treballa en equip. És a dir, quan tenen assignat un lloc de responsabilitat en la família. Cadascun té uns drets i uns deures dels quals s'ha d'encarregar. Però més important que això és establir uns torns per fer les tasques quotidianes, que vagin encadenant les diferents accions d'acord amb el caràcter propi de cada germà. Un exemple que ens produeix molta satisfacció per les dificultats que comportava i els resultats positius que està donant és el de l'Agustí i en Martí. Es tracta de dos germans molt seguits, de 9 i 11 anys, entre els quals s'havia establert una relació d'«estar a la que salta» permanent. Es burxaven contínuament, es barallaven, no obeïen... amb la qual cosa la convivència diària era nefasta. La presència de la germana petita de 3 anys no feia res més que empitjorar les coses. La mare estava a un pas de l'atac de nervis i el pare no estava present en els moments de crisi, amb la qual cosa la situació era cada vegada més insostenible, amb l'agreujant que començava a repercutir en el rendiment escolar de forma negativa. La solució va passar per establir una rutina l'objectiu de la qual era evitar les friccions entre els dos germans. Tenint en compte els seus diferents ritmes, es va pactar que, en arribar a casa, primer es dutxaria en Martí, perquè és més ràpid i arribava amb gana. O sigui que, mentre el seu germà era al bany, l'Agustí parava taula per sopar i la mare acabava de preparar el menjar. Tan bon punt en Martí sortia de la dutxa, s'entaulaven per sopar tant si el pare hi era com si no, ja que si l'esperaven la situació es podia descontrolar. Ell, d'altra banda, intentava fer el possible per arribar a temps. Havent sopat, mentre en Martí, que ja estava relaxat perquè havia sopat, desparava taula i es posava a fer els deures, l'Agustí es dutxava tranquil·lament. Quan acabava, la mare ja havia posat la petita a dormir i els podia ajudar una estona a fer els deures, i si el pare ja havia arribat es posaven cadascun amb un fill, en habitacions diferents. Amb tot plegat, el nivell d'estrès va disminuir considerablement. Ara cadascú sap el que li toca fer a cada moment, i s'eviten les friccions, perquè el temps de contacte entre els dos germans és mínim. Tot funciona gràcies a l'ordre i l'organització. En reduir-se la tensió emocional, tots guanyen en qualitat de vida i aprenen a relacionar-se d'una altra manera, evitant els conflictes.

Delegueu. Això suposa no voler-ho fer tot un mateix. Demanar la col·laboració de tota la família és necessari per trobar l'equilibri. El nostre objectiu no és ser perfectes, sinó donar-nos suport mútuament per poder arribar a tot sense problemes.

Trieu el vostre estil educatiu de manera conscient i consensuada

Cal evitar repartir-se els papers: «Ell és el bo i jo la dolenta». És una situació molt comuna, amb unes conseqüències molt perjudicials per a tots els membres de la família. Però pots evitar-la. Els pares han de tenir clar, abans de res, que formen un equip, ja que si la balança es desequilibra cap a un dels progenitors sorgeixen molts conflictes de parella.

La clau rau a trobar l'equilibri, ja que, depenent de l'estil educatiu dels pares, es condiciona de manera diferent la manera de ser dels fills.

La personalitat dels pares, la seva pròpia infantesa i les experiències que han viscut com a fills són factors que intervenen de manera inconscient a l'hora d'educar. L'equip pares s'ha de plantejar quin estil educatiu desitja exercir amb els fills si no vol trobar-se reproduint, sense adonar-se'n, allò que hauria jurat que mai no li passaria.

Els punts bàsics per decidir l'estil educatiu són:
- **el nivell de responsabilitat que exigirem**
- **el tipus de límits que imposarem**
- **la manera com exercirem el control (càstigs i premis)**
- **pactar les normes de convivència**
- **acordar els valors que volem transmetre**
- **planificar les estratègies que caldrà seguir i el paper de cadascun**

Sovint, el paper de pares ens agafa desprevinguts i anem actuant de manera improvisada. Situacions semblants a les de la

Marta i en Francesc són més habituals del que sembla. Quan en Francesc arriba a casa, es troba la seva dona en ple atac de nervis perquè fa una hora que intenta que el nen entengui que no pot menjar xocolata al saló i l'ha castigat sense televisió. El nen està amb una rabiola tremenda i el pare, quan sap el motiu del càstig, es posa a riure i rescindeix el càstig, desautoritzant la Marta davant del fill. La situació es complica perquè la Marta no està d'acord amb l'actuació del seu marit i comencen a discutir.

És clar que en Francesc i la Marta tenien punts de vista diferents i, en no haver parlat prèviament sobre quins haurien de ser els punts importants per renyar el seu fill i sobre com ho havien de fer, ara es troben davant una situació difícil de resoldre.

- **No és adequat sota cap circumstància desautoritzar la parella davant dels fills. Si un dels membres de la parella està fent alguna cosa amb la qual l'altre no està d'acord, cal deixar-la-hi fer i comentar-ho més tard en privat. Els nens són molt llestos i poden utilitzar el desacord sobre ells en benefici propi.**
- **Abans d'actuar, és millor consultar-ho amb la parella. Es pot trucar per telèfon: «Nens, vaig a preguntar a la mare què en pensa».**

Podeu fer servir la taula de la pàgina següent per valorar-vos respectivament en el vostre paper de pares i confrontar les vostres opinions. És important saber què opina la mare sobre com desenvolupa el pare la seva tasca, i què opina el pare sobre com realitza la mare les seves funcions maternals.

Descriurem tot seguit una de les eines més útils en la nostra tasca educativa: els signes d'alerta. Aquestes crides d'atenció

AUTOVALORACIÓ D'ACTITUDS DELS PARES

• Nivell d'autoritat	Autoritari	Normal	Permissiu	• És important que el pare i la mare coincideixin en la majoria dels aspectes. • Si no és així, cal ajustar-ho. No podem posar fil a l'agulla si només coincidim en un punt. ↓ Cal REPLANTEJAR-SE ELS OBJECTIUS EDUCATIUS
• Implicació en la tasca educativa	Total	Normal	Nul·la	
• Suport mutu	Sempre	De vegades	Mai	
• Opinions divergents	En tot	En algunes coses	En res	
• Nivell de responsabilitat	Alt	Normal	Baix	
• Nivell d'afecte	Incondicional	El raciona	Amb condicions	

inconscients per part del nen ens permetran de contrastar els efectes nocius de l'entorn o les circumstàncies que els toca viure en el seu equilibri psicològic.

Signes d'alerta

Considerem com a signe rellevant qualsevol canvi en el comportament habitual del nen. Què volem dir amb això? Senzillament, que l'important no és el malson en si mateix, o que se li escapi el pipí, sinó que una conducta que en ell era normal ara ha canviat. Per exemple, en el cas que tingui malsons quan abans no en tenia, aquests poden tenir un valor diagnòstic.

El que valorem, a nivell psicològic, són els canvis.

Imaginem un nen, l'Enric, que fins ara havia dormit sempre com una soca i que de cop i volta comença a despertar-se a la nit angoixat, amb uns malsons horribles. El primer que s'han de plantejar els pares és: què ha passat?, què és el que ha succeït que pugui generar preocupació en el nen? Segurament, es tracta d'alguna cosa que passa desapercebuda per als adults. Poden ser moltíssimes coses, depenent de l'edat del nen, qualsevol canvi que afecti la seva rutina diària, el començament de l'escola o bé el pas de la guarderia a l'escola, un canvi de casa, el naixement d'un germanet, la mort d'un avi, que el seu millor amic ja no ho sigui tant... alguna cosa que a ell l'afecta.

A continuació, ressenyem alguns signes d'alerta pels quals val la pena preocupar-se i que poden ser el senyal que alguna cosa no va bé en el nostre fill:

• **Insomni.** Tant la dificultat per conciliar el son com els continus desvetllaments ens indiquen un estat d'ansietat. El nen no és conscient del que li passa i el seu son se'n ressent. Normalment, els nens que mai no han dormit bé presenten en el seu caràcter un component d'ansietat latent. Però ara ens referim a una situació reactiva; el nen es veu afectat per alguna circumstància del seu entorn, que repercuteix en la qualitat del son, fins ara normal. La duració d'aquest període ens marcarà la profunditat del conflicte. El son és un dels aspectes fisiològics que es veuen seriosament afectats quan la situació externa conflictiva està començant a alterar l'equilibri psicològic del nen.

• **Malsons.** La repetició diària del mateix contingut oníric indica un conflicte latent altament reprimit. Els malsons són un trastorn més elaborat, però també més concret, la solució del qual, la majoria de les vegades, resulta molt més senzilla del que sembla. Es tracta d'acabar el somni, de donar-li un final. El que realment ens angoixa d'un somni és que ens despertem a la meitat i no sabem com acabarà; per això somiem la mateixa cosa un cop i un altre. O sigui que quan el completem, posem fi a l'angoixa que ens produeix, i aleshores desapareix d'un dia per l'altre. Posem un exemple. L'Edu fa una temporada que somia de manera repetitiva que el persegueix una bèstia grossa, una mena de dinosaure o drac, i sempre es desperta al mateix moment, quan és a punt d'atrapar-lo. Per tant, la solució és seure amb ell en un moment de tranquil·litat i dir-li que acabareu el somni plegats: ell comença i tu li dónes el final. Un final creïble, que acabi bé i que ell accepti. Una possibilitat seria que darrere del drac apareix una mena de superman amb poders màgics, com Harry Potter, el qual, en el moment àlgid, fa desaparèixer el drac i el converteix en cendres. D'aquesta manera, desapareix la incertesa i es tanca el cicle. El nen es tranquil·litza i el més segur és que ja no torni a tenir aquest malson. Cosa que no treu que intentem descobrir què és el que ha generat aquesta situació d'angoixa i preocupació, i el mètode, com ja comenceu a saber, no passa per fer-li un interrogatori de tercer grau, sinó per observar i anotar al quadern tot el que ens sembli rellevant.

• **Enuresi.** Aquest és un trastorn molt rellevant com a símptoma extern d'altres problemes afectius. Quan un nen ha superat correctament la fase de control d'esfínters i de cop i volta, amb 7, 9 o 10 anys, comença a tenir episodis en què mulla els llençols, hem de tenir claríssim que no es tracta d'un problema físic, sinó psicològic. Alguna cosa està afectant el nen, i el seu cos ho transmet com un senyal d'alarma. És una forma inconscient d'exterioritzar la seva ansietat cap a alguna cosa que el preocupa. En aquests casos, òbviament, els tractaments simptomàtics no funcionen, perquè no es tracta d'un problema orgànic. Quan un nen té una dificultat física per controlar els esfínters, presenta constantment aquest problema. La solució a aquesta situació, en aquest cas, passa per diagnosticar quina és la causa psicològica que origina el trastorn. En la majoria dels casos, se sol trobar dificultats per independitzar-se de les atencions maternes, associades a la síndrome de Peter Pan, que tractarem a la pàgina 162.

• **Desordres alimentaris.** Imaginem una nena que tenia uns hàbits alimentaris adequats per a la seva edat i que mai no havia presentat símptomes de desgana ni de golafreria. De manera aïllada, comença a presentar conductes o bé d'allunyament del menjar, «No tinc gana», o bé de fer-se tips de llaminadures. Aquest tipus de desordres ens indica que hi ha un augment considerable de l'ansietat i l'únic recurs a què sap recórrer aquesta nena és a calmar-la mitjançant la ingestió compulsiva. Recordem que determinats aliments tenen un efecte ansiolític; el més conegut és la xocolata. Cal anar amb compte amb aquestes alteracions, perquè segons com es tractin poden derivar en trastorns seriosos i amb greus conseqüències, com són l'anorèxia i la bulímia. S'ha d'anar amb molt de compte amb els comentaris que es fan de vegades de manera inconscient i que poden perjudicar l'autoestima del nen que els està patint. Així com l'enuresi es presenta en gairebé el doble de casos de nens que de nenes, amb els desordres alimentaris passa justament el contrari.

• **Trastorns de conducta. Comença a plantar cara, es torna descarat quan fins ara havia estat un nen dòcil.** Aquest és un signe d'alerta complicat, perquè no és tan evident com els anteriors i a més no distorsiona la vida familiar, tot i que sí que pot alterar la dinàmica i crear «mal rotllo» entre els components de la família. En aquest apartat, podem trobar un ampli espectre de comportament, però el més important i el que considerem un signe d'alerta és el canvi que es produeix en la seva línia de comportament habitual. És indiferent el sentit del canvi, tant hi fa que un nen que fins ara era entremaliat i mogut s'hagi tornat tranquil o passiu, com que un nen dòcil passi a comportar-se com un vàndal. Les provocacions, tant si són actives com passives, no deixen de ser-ho. La inhibició de la reacció, encara que resulti un acte passiu, també és un canvi de comportament, i indica una manera de plantar cara a una situació que no acceptem o que és difícil d'acceptar.

• **Juga sempre sol. Prescindeix dels seus amics i prefereix aïllar-se en el seu món.** Aquesta és una conducta estranya per a un nen i representa una altra modalitat d'inhibició, en la qual per algun motiu extern es renuncia a la interacció social. Per por o inseguretat, per temor de no ser acceptat, el nen evita el contacte amb els altres nens i s'estima més jugar sol.

• **El seu rendiment ha decaigut.** Està sempre cansat, mostra apatia davant de tot, resulta difícil que s'entusiasmi per res. Aquest canvi resulta molt preocupant, perquè afecta el seu estat anímic. En un nen, aquesta situació no és gens habitual, i per això adquireix una dimensió més gran com a senyal d'alerta.

Quan se'ns ajunten diversos d'aquests problemes que hem denominat signes d'alerta, el problema pot ser greu. Si davant d'una situació traumàtica el nen presenta algun d'aquests signes,

SIGNIFICAT DELS DIBUIXOS*

Element gràfic	Característica	Trets del caràcter
• Traç	Molt feble	Inhibició
	Molt fort	Agressivitat
• Línies	Punxegudes	Ràbia, impulsivitat
	Corbes	Harmonia, amabilitat
• Colors	Suaus: colors secundaris	Equilibri, estabilitat
	Contrastats: colors primaris	Alts i baixos, impulsivitat
	Predomini del negre o de colors foscos	Depressió, tristesa, pessimisme
• Distribució en l'espai	Situat a l'esquerra del paper	Inhibició
	Ocupa tot l'espai disponible	Extraversió
	Només situat a la dreta	Cridar l'atenció
	Ocupa la mínima expressió	Introversió

* S'han de combinar tots els elements i observar quina tendència predomina.

CONTINGUTS DELS DIBUIXOS

Element gràfic	Característiques rellevants dels dibuixos	Significat psicològic
Dibuix de l'arbre	Mort, sense fulles, amb moltes branques	Inhibició, tristesa
	Amb arrels	Necessitat de protecció
	Arbre robust, amb fruits	Creativitat, imaginació, iniciativa
Dibuix de la casa	Casa amb portes i finestres tancades	Gran introversió
	Casa esquemàtica, infantil	Regressió
	Casa oberta amb detalls, flors a les finestres	Extraversió i sensibilitat
Dibuix de la família	Omissió d'algun membre de la família o de qui dibuixa	Problema de comunicació No se sent integrat a la família
	Evita dibuixar la seva família, dibuixa ninots o animals	Serioses dificultats per acceptar la seva família: li produeix rebuig
	Dibuixa la seva pròpia família amb tota mena de detalls	Relació familiar productiva

cal acudir a l'especialista o psicòleg perquè ens ajudi. Una eina força útil que ens pot ajudar a sortir de dubtes són els dibuixos infantils. Demaneu-los, com si fos per a un concurs de la ràdio o de la feina, que us facin tres dibuixos: un **arbre**, una **casa** i una **família**. A partir de la informació que ens donin podrem descartar diferents situacions. Per poder desxifrar el significat dels dibuixos, hem elaborat uns gràfics que us permetran, combinant les tendències presents en les diferents reproduccions gràfiques, tenir una idea de per on van els trets. Si no observem cap tret negatiu, podem estar tranquils: la situació encara no se'ns ha escapat de les mans. Si en detecteu algun, alerta!, i si són massa, no deixeu passar ni un sol dia sense buscar una solució.

Ara ja coneixem la teoria, passem a la pràctica: som-hi!

PRIMERA PART

Primera infància, dels 0 als 3 anys

Les conductes més habituals i com enfrontar-nos-hi

Aquesta primera etapa de la vida del nen és la més difícil per als pares, ja que es presenten un munt de situacions noves, sovint complicades, que ens faran posar a prova tot el nostre enginy. Aquest període de la vida del nadó és fonamental, ja que en aquests tres anys s'assenten les bases tant de la seva personalitat com del seu desenvolupament neurològic i intel·lectual. Depenent de com l'estimulem i de com li ensenyem a desenvolupar el seu potencial, el nen treballarà al 30, 60 o 90 % de la capacitat del seu cervell.

Tant els pares primerencs com els que no ho són han de tenir en compte que cada fill és diferent i que cadascun suposa un repte educatiu que posa a prova la nostra paciència i les nostres habilitats. És en aquests primers tres anys de vida quan s'assenten les bases o precedents educatius de la vida del nen; per aquest motiu posarem l'accent en aquest apartat/capítol, que és una mica més extens.

Quines són les característiques que defineixen la personalitat d'un nen d'aquesta edat

La personalitat és una de les característiques més rellevants a l'hora de decidir quina ha de ser la nostra estratègia educadora.

No és el mateix enfrontar-se a un nadó dòcil que a un de mogut o rebel.

A la majoria dels pares, quan els posen als braços el seu bebè acabat de néixer, li assalta un munt de dubtes: a qui s'assembla?, quin caràcter deu haver heretat?, sabré exercir el paper de pare?, no és com me l'imaginava... Totes les fantasies desenvolupades durant l'embaràs topen amb la realitat i han de començar a adaptar-s'hi. El canvi de vida que es produeix amb la paternitat/maternitat és abismal, canvia la perspectiva vital, les responsabilitats i la manera de viure i, per bé que es tracta d'un procés natural, requereix alguns petits sacrificis i renúncies. Podríem definir dues situacions contraposades, potser les més representatives.

Situació A: En Guillem és un nadó amb caràcter, cosa que demostra amb els seus plors constants. Té completament desconcertats els pares, que s'esperaven una idíl·lica estampa de família feliç. A més, aquest quadre es completa amb alguna dificultat per menjar i seriosos problemes per posar-lo a dormir.

Situació B: En Dani és un nadó tranquil, que gairebé no plora, menja sense problemes i s'adorm amb facilitat.

Com podem comprovar, aquestes dues situacions són completament oposades i generen dos tipus de comportament diferents per part dels pares. Tant els pares com els fills són nous en aquesta relació i és la interacció que s'estableix la que marca les pautes de les conductes següents. Amb això volem dir que els pares d'en Guillem viuran l'experiència de tenir un fill d'una manera, «Tenir un fill és esgotador, no tenim temps per a res i sentim constantment els seus plors», que no tindrà res a veure amb la dels pares d'en Dani: «El nostre fill és una joia i ens estem plantejant de donar-li un germanet». De la mateixa manera, si poguéssim saber el que pensen els seus fills, en Guillem diria: «Que nerviosos que estan els meus pares, sembla que no m'entenguin». En canvi, en Dani estaria encantat amb els seus pares i pensaria que són fantàstics i que estan contents amb ell.

Ens ha de quedar molt clara una cosa: la criatura no plora per fer-nos la guitza; és la seva manera de comunicar-se. El que cal saber és aprendre a interpretar el seu plor i observar-lo per descobrir com cal tractar-lo.

El seu plor no sempre és igual:

- **Gana: insistent, urgent, agut.**
- **Son: lament intermitent i ronc.**
- **Dolor: crits aguts, curts i continuats, amb la respiració entretallada.**

També és bàsic intentar-nos posar a la seva pell. Sovint, pretenem que el nostre bebè funcioni com un rellotge, que tingui gana quan toca, que s'adormi automàticament quan el posem al bressol, que cada dia mengi exactament tota la seva ració, que quan el posem a la gibrelleta faci pipí... Però hem de tenir en compte que no és un nino que vagi amb piles, sinó un ésser viu que quan neix no sap res, amb prou feines hi veu i tot és nou per a ell, se sent sol, té gana, fred... i li cal un temps per anar aprenent com funcionen les coses per aquí fora.

Tot buscant semblances, hem d'evitar pensar, i sobretot dir, allò de «La teva mare diu que tu eres igual de ploraner, que la teva filla s'assembla a tu». És a dir, les coses bones són meves i les dolentes de l'altra família. Perquè, evidentment, el caràcter s'hereta, però el vostre fill és únic i vosaltres, amb el vostre esforç educatiu, el modelareu segons els vostres criteris. O sigui que no val la pena queixar-se, sinó implicar-se al més aviat possible en aquesta meravellosa tasca que teniu la sort de poder dur a terme.

La il·lusió és el gran motor que duu una parella a tenir un fill, i sovint amb el primer es pateix una important decepció en comprovar que no és tot tan bonic com semblava. És sacrificat, canvia completament la teva vida i els teus esquemes, deixes de ser el centre d'atenció; ja no sou dos, l'un per a l'altre, ara tota la vostra atenció i els vostres esforços els focalitza el nadó. I és clar que aquest gran canvi exigeix un procés d'adaptació. Però cal agafar-s'ho amb tranquil·litat, tot passa; són diferents etapes que cal anar assimilant, sense perdre la il·lusió que us va dur a compartir aquest gran projecte de portar un fill al món.

No totes les criatures són iguals. Com ja hem comentat anteriorment, n'existeixen diversos tipus i és important identificar-los per saber com hem de reaccionar davant d'elles. És en els primers mesos de vida quan els bebès mostren clarament les tendències inicials del seu caràcter, que es manté estable fins als 3 anys, edat en la qual es comencen a notar els primers efectes de l'educació. Per descobrir davant quin tipus de bebè som, n'hi ha prou d'observar-lo. El to muscular és el seu «taló d'Aquil·les», ja que delata molts dels trets que caracteritzen la seva personalitat: els nens molt nerviosos estan sempre tensos, amb el cos rígid i els punys tancats, mentre que els tranquils són molt més flexibles i acostumen a dormir amb les mans obertes. No ens hem de deixar emportar per les primeres impressions. Els nens, igual que els adults, es poden comportar de manera diferent quan les circumstàncies també ho són. Hi ha nens molt curiosos i moguts que quan els portem a casa d'uns amics no es volen desenganxar de la mare, i d'altres extravertits i loquaços que en presència de desconeguts no baden boca i semblen tímids i melindrosos.

• ***Hipertònic: no para quiet***

A causa del seu elevat to muscular és un nen que no sap estar-se quiet: grimpa, s'arrossega i s'escapa de qualsevol lloc. I mai no el trobaràs en la posició en què l'has deixat: si és al parc, escalarà per la xarxa; si el deixes al llit de matrimoni, reptarà d'una punta a l'altra, bellugant els peus i les mans, com si nedés, encara que només tingui una setmana de vida; si l'asseieu en una trona, és capaç de tirar-se a terra. Però no ens hem d'alarmar: si se'l vigila constantment, no hi ha perill. Els nens d'aquest tipus són molt aventurers i extravertits, i el dia resulta curt per a la seva curiositat. Dormen poc i els costa força de conciliar el son. No els agraden gaire els canvis, perquè se senten desconcertats i es descontrolen. Per aconseguir que un nen d'aquestes característiques se senti tranquil i calmat, és convenient establir els hàbits diaris dins un marc tan rutinari com sigui possible: horaris fixos, ambient relaxat, estímuls suaus, etc.

- ***Nerviós: s'irrita per tot***

Són nens poc flexibles, que en agafar-los a coll ofereixen resistència a doblegar-se. Ploren molt, i quan ho fan es posen molt vermells, rígids, i triguen molt a reaccionar i encara més a calmar-se. No es troben còmodes en cap posició i s'irriten amb molta facilitat. Solen protestar sovint i són molt tossuts. Però no tot són desavantatges: s'adapten millor als canvis i és més fàcil donar-los la volta i que acceptin alternatives. La millor estratègia és distreure'ls o canviar d'activitat quan es posen tossuts

- ***Equilibrat: no es queixa més del que cal***

És el que podríem anomenar un nadó ideal. Protesta quan alguna cosa no li agrada, però es conforma fàcilment. Dorm sempre amb les mans obertes i ho fa en qualsevol lloc. L'única cosa que l'altera són els sorolls, i si té gana, plora, però tan bon punt atenem les seves necessitats es tranquil·litza.

- ***Tranquil: no s'altera per res***

El seu comportament és molt estable, poques coses l'alteren, no plora gairebé mai, acostuma a estar relaxat i dóna pocs problemes. De fet, podria passar-se el dia dormint, ja que sovint cal despertar-lo per donar-li el menjar. Els nadons tranquils són una mica passius i cal estimular-los perquè es moguin i augmentin la tonicitat muscular. Sense adonar-nos-en, és fàcil que un nen d'aquestes característiques es passi el dia del bressol al cotxet i del cotxet al portanadons. Com que gairebé no protesta, no caiguem en l'error de no deixar-lo al seu aire perquè es pugui iniciar a anar de quatre grapes.

• ***Hipotònic: progressa lentament. Més que plorar, protesta, però no gaire***
El seu to muscular és fluix i el desenvolupament psicomotriu va més lent. Li costa aguantar el cap i és una mica maldestre, però no es tracta de res que un bon programa d'estimulació precoç no pugui solucionar.

Un cop hagis identificat el teu nadó, et serà més fàcil saber com tractar-lo.

Aprenentatge conductual

El nen comença a aprendre coses des del moment que neix. Per a ell tot és nou i el seu cervell és com un ordinador que ho va enregistrant tot. Al principi, tot és casualitat: la criatura plora, perquè és l'únic llenguatge que coneix, i la mare hi va ràpidament per veure què li passa. Aquesta primera reacció estableix un precedent, el nadó *ja* ha après que, quan vol cridar l'atenció de la mare, ha de plorar. A partir d'aquí, es van encadenant les accions del nen amb les reaccions que s'originen en els seus pares.

La Laia va descobrir, quan tenia un anyet, que quan vomitava organitzava un gran enrenou en la família: la mare s'alterava, per a l'àvia era gairebé un drama i el pare no sabia què fer. Així que va aprendre a provocar-se el vòmit cada vegada que volia que l'agafessin a coll.

De vegades, és difícil distingir quan tenen un problema real i quan volen simplement que els fem alguna festa. El que més fàcilment o més ràpidament aprenen són les reaccions emocionals.

QUADRE DE REACCIONS: NENS DE 0-3 ANYS

Nom: ____

ESTÍMUL	REACCIÓ
• Dormir sol 	Plora
• Adéu al xumet 	Desesperació
• Oblida't dels bolquers 	Rebequeria
• Obeir a la primera Deixar de plorar 	Resistència
• Del biberó a la cullera 	No ho accepta

_________________ Edat:_______________

VALORACIÓ	REACCIÓ PARES	VALORACIÓ
	Empipament	↓ KO
	Indiferència	↑ OK
	Comprensió	↑ OK
	Sermó	↓ KO
	Paciència	↑ OK

Els nadons detecten i interpreten les emocions i els sentiments d'allò més bé. És una cosa que els adults sembla que hàgim oblidat, però, sorprenentment, un nen detecta immediatament si la seva mare està nerviosa, esgotada, trista o alegre, simplement per la manera d'agafar-lo, el to de la veu o l'olor de les hormones que es desprenen amb els diferents canvis d'humor.

Així doncs, no ho dubteu ni un instant: el vostre fill, per molt petit que sigui, capta tant els sentiments com les emocions que originen les vostres diferents reaccions o actituds, i actua en conseqüència. Es tracta, doncs, de contagiar-li alegria i energia positiva.

El seu aprenentatge es basa en l'esquema Acció-Reacció o Estímul-Resposta.

És a dir, els nadons aprenen el que ve després. Si sempre abans de menjar se li posa el pitet, quan vegi el pitet sabrà que toca menjar. Per això són tan importants la rutina i els hàbits en els nous contactes amb la nova realitat que està descobrint. Són el seu mètode d'aprenentatge, el seu rellotge; li serveixen per orientar-se en el temps, i això li dóna seguretat. Sap el que li toca fer. A nivell mental, li confereix unes coordenades d'orientació en l'espai i en el temps necessàries per a la seva estimulació intel·lectual. Els nens d'aquesta edat tenen els reflexos a flor de pell, són extremadament sensibles i aprenen molt de pressa. De manera que més val que els pares no ens adormim sobre els llorers.

Els tres primers anys de la vida d'un nen són els més al·lucinants per la quantitat de canvis i d'aprenentatges que hi tenen lloc, però, en contrapartida, són els més absorbents en temps i energia. Per als qui posen tot el seu esforç, els pares, sembla que no s'acabi mai i costa de veure el que el nen aprèn dia a dia. En primer lloc, perquè, mentre no parlen, als adults ens és més difícil comunicar-nos amb ells i saber què passa pel seu caparró, i en segon lloc, perquè solen fer el contrari del que esperem d'ells. Però és que els petits no neixen sabent el que els seus pares esperen que facin en cada moment. Ho han d'aprendre tot.

El cervell del bebè treballa sense parar, assimilant i guardant informació. El naixement de la intel·ligència es basa, durant aquests tres primers anys de vida, en l'àrea sensorial i motriu. El nen no pensa amb paraules, perquè no en sap, sinó que elabora conceptes a través del que sent i experimenta mitjançant el moviment i els sentits (vista, oïda, olfacte, tacte i gust).

El petit viu a la seva pell el que és a dalt, a baix, a prop, lluny, aviat, tard... Com? Mentre no té autonomia de moviment, ho aconsegueix a través dels temps d'espera; fins que l'agafes i li dónes el menjar o li fas un massatge o li fas fer tombarelles, a la piscina o amb l'estimulació aquàtica, gairebé imprescindible per elaborar un magnífic esquema corporal-mental. ¿Us heu parat mai a pensar que si el nadó neix a l'hivern pot ser que no rebi cap estímul sensorial del dit petit del peu, perquè, com que va completament vestit i tapat, ningú no l'hi toca i, per tant, no té consciència que aquell dit és seu i forma part del seu cos? Per això són importants els massatges i la banyera, perquè el nadó rebi informació des de totes les parts del seu cos i vagi elaborant una imatge mental del seu propi cos que li serveixi per desenvolupar-se en l'espai.

És necessari donar-li l'oportunitat que explori l'espai, que vagi per terra i s'aprengui a moure. Una criatura que es passa tot el dia a la cadireta, la trona, el parc, el bressol o la cadira del cotxe i que gairebé no té llibertat de moviments, tindrà dificultats a l'hora d'elaborar els conceptes espaciotemporals mentals, perquè no els haurà experimentat.

El pas al pensament, tal com el coneixem els adults, es realitza amb l'aparició del llenguatge. Els nens que han adquirit experiències prèvies multisensorials i motrius simplement han de posar etiquetes als conceptes adquirits. Però, per als qui no han aprofitat aquesta oportunitat, la feina és doble: comencen dos anys més tard a posar maons, sense fonaments de suport que sostinguin l'aprenentatge, amb la qual cosa l'edifici intel·lectual que estan construint és molt fràgil.

Rebequeries, marraneries, plors incontrolats... Com controlar aquestes situacions

És normal que els nens plantegin situacions conflictives, perquè és la seva manera de conèixer-se i de posar a prova el món que els envolta. Som els pares els qui hem de mantenir-nos per sobre de les seves rebequeries i educar amb l'exemple. Pensem que ells, a aquesta edat, ens imiten. Si quan ens enfadem els escridassem, no ens ha d'estranyar que quan els diguem que no a alguna cosa, també cridin. Si per evitar que facin alguna cosa actuem amb agressivitat cap a ells, ens tornaran aquesta agressivitat augmentada.

És difícil donar receptes pràctiques que serveixin per a tots els casos, però aquí teniu algunes de les que hem provat en diferents ocasions i amb diferents nens i els resultats han estat sorprenents. Atreviu-vos i proveu-les!

Com reaccionar davant una mala conducta

Entre el primer i el segon any de vida, els nens són uns petits brètols disposats a tot per treure'ns de polleguera. I com que, de totes totes, els haurem de renyar, més val que ho fem amb gràcia. Mantén la calma, utilitza el sentit comú i fes servir els suggeriments que et proposem.

La Clara ens comentava les seves experiències com a mare: «Quan estava embarassada, em fixava molt en la manera com els pares educaven els fills. Em resultava molt fàcil criticar-los i, per descomptat, pensar allò de "Jo, això, no ho permetria". Ara, la meva nena té catorze mesos i m'adono de com resulta de difícil posar límits. Em passaria tot el dia dient-li "Això no es toca, no facis això...". No sé molt bé quan he de renyar-la i quan he de fer-li un petó per tallar algun ploriqueig capritxós. Suposo que això els deu passar a totes les mares».

No utilitzeu la por per tallar conductes no desitjades. La por és una solució eficaç i immediata, però acaba fent el nen massa poruc i impedirà que desenvolupi amb llibertat i valentia les seves activitats.

Els dubtes de la Clara són els mateixos que tenen la majoria dels pares, sobretot els primerencs. La cura i l'alimentació dels fills són dues de les grans responsabilitats dels progenitors. Però també l'és l'educació, un apartat potser més difícil perquè no existeixen dosis exactes, ni medicaments miraculosos, ni tractats infal·libles. Si les carícies i les moixaines flueixen amb tota naturalitat, no passa el mateix amb les renyades. És més fàcil aviciar que no pas educar. En aquest aspecte, són poques les coses que tenim clares. ¿És necessària una disciplina en l'educació dels fills? S'ha de ser estricte o permissiu? Quins tipus de càstigs són els més aconsellables?

Aquestes preguntes són força freqüents en les consultes de psicologia. Òbviament, cadascú respon moltes vegades en funció de les experiències que va tenir quan era petit. És molt probable que algú que hagi tingut una educació molt restrictiva sigui molt permissiu amb els seus fills perquè no passin pel que aquesta persona ha viscut, i a la inversa.

Les provocacions constants dels nens no tenen mala intenció. Ells només ens posen a prova per tal de saber fins a on poden arribar. Per això, l'establiment d'unes normes de conducta és fonamental perquè el nen aprengui a viure en societat. Cal tenir en compte que, a aquesta edat, el seu sistema comunicatiu és molt diferent del nostre. Nosaltres parlem i parlem, però, de tot el nostre sermó, ells només entenen els gestos que acompanyen les paraules. La mímica, doncs, ha de ser la nostra principal eina de comunicació.

És important que els pares no discuteixin les normes davant el nen per evitar que es quedi desconcertat. Han de pactar per endavant, per exemple, que no el castigaran si salta damunt del sofà, però sí si diu idiota a la mare. Naturalment, cal obligar-lo a respectar les normes en tot moment, encara que hi hagi visites o estigui cansat.

Els nens són argila que hem de modelar; els nostres criteris i normes són la paleta que ens ajudarà a donar-li forma.

L'excés de normes o prohibicions pot desencoratjar el nen i fer que no n'accepti cap. En l'altre extrem, massa permissivitat fa que el nen, en no conèixer cap límit, no pugui conviure en harmonia.

Com podem arribar a l'equilibri? En l'edat situada entre 1 i 2 anys, i fins i tot fins als 4, cal permetre al nen que explori el seu entorn, eliminant en la mesura que sigui possible els perills evidents i apartant els objectes que realment no vols que toqui. D'aquesta manera, evitaràs haver-li de dir mil vegades que no! És millor avançar-se als esdeveniments i prevenir les conductes conflictives que no interrompre-les.

Com a norma general, dóna millors resultats evitar les situacions conflictives. Per exemple: no se us acudeixi anar dissabte a la tarda a l'hipermercat amb el nen de 2 anys, perquè teniu tots els números perquè es desencadeni alguna rebequeria. Repartiu-vos les tasques, i que un vagi al parc amb el petit mentre l'altre compra. En cas que es desencadeni la «crisi», actueu amb molta calma: agafeu el nen, sortiu fora del centre comercial i, dins el cotxe o en un lavabo, actueu de la mateixa manera que ho faríeu a casa. Deixeu-lo apartat, amb total indiferència, fins que li passi la rebequeria.

Com cal actuar davant d'una rebequeria?

1. Agafeu el nen i aparteu-lo del lloc on està organitzant l'escàndol.

2. Escolliu un lloc neutre (passadís, rebedor...), que no sigui ni la seva habitació, ni la cambra de bany, perquè l'identifiqui com el «lloc de pensar» i perquè es calmi.

3. Deixeu el nen al lloc escollit no més enllà de cinc minuts, sol, i després digueu-li alguna cosa com ara: «Ja sabem que ho has fet sense voler, però com que els pares t'estimen molt t'han d'ensenyar a portar-te bé, i quan et calmis, sortiràs i en parlarem».

4. Quan la intensitat del plor disminueixi, entreu i ajudeu-lo a demanar perdó: «Vinga, fill, no ho tornaràs a fer, oi que no?». Vosaltres hi poseu les paraules, i el nen el gest.

Si ho feu sempre en el mateix ordre, amb la mateixa calma, paciència i indiferència, sigueu on sigueu, veureu com les rebequeries van desapareixent de manera gradual.

És fonamental evitar que el nen aconsegueixi el propòsit de la rebequeria, ja que si perquè calli li comprem el que vol o accedim al que ens demana, aprendrà que per aconseguir el que sigui «ha de muntar un numeret».

Com aconseguir que adquireixin hàbits d'higiene, que dormin sols, que obeeixin a la primera... El camí cap a la independència

El que ens hem de plantejar en primer lloc és que el nadó ha d'aprendre totes les seves necessitats bàsiques, encara que siguin fisiològiques, com un hàbit; és a dir, ha d'aprendre a regular les seves funcions vitals. Els nens no neixen ensenyats, i si no els ensenyem nosaltres, no menjaran, dormiran, es vestiran o aniran al lavabo espontàniament.

A ningú no se li acut que quan el nen comença a prendre les primeres farinetes, un dia les hi donem al lavabo, un altre a la sala, un altre mentre va amb el cotxet... ni que un dia ho fem amb les mans, un altre amb bastonets i un altre a terra. Sempre ho fem de la mateixa manera. Cadascú estableix el seu propi ritual, però acostumem a valer-nos d'un seguit d'elements externs que fan que el nen vagi identificant la situació. L'asseiem a la trona, a la cuina, li posem el pitet i li donem el menjar en un plat. A mesura que van passant els dies, quan el nen veu el pitet ja sap que tot seguit menjarà, i l'estómac es va preparant. Hem d'actuar de la mateixa manera quan se'n va a dormir, quan va a fer pipí o quan el portem a la guarderia. Amb la seguretat de saber que fem el que és correcte. Tots sabem que durant els primers dies de guarderia plora, no es vol separar de la mama. Però, tot i així, l'hi continuem portant fins que s'hi acostuma i para de plorar. I ho fem amb afecte, paciència i molta seguretat.

Sovint, les seves reaccions ens desconcerten, els pares

esperem que caiguin morts de son, després d'una jornada esgotadora en què els hem portat al parc, hem jugat amb ells... i, en canvi, ells encara en volen més: un conte, un got d'aigua, una guerra de coixins. Les seves ganes de plorar sembla que no tinguin fre ni aturador, i que no se'ls acabin mai les piles.

De vegades, els pares voldrien tenir un comandament a distància i desconnectar el fill a una hora determinada. Però el que no saben és que el nen intueix quin és el límit dels seus pares, i l'esgota fins a l'últim extrem. Sap a qui pot prendre el pèl. És una cosa que podeu comprovar molt fàcilment quan una nit, desesperats, deixeu el nen a casa dels avis... Ah!, i l'endemà resulta que el nen ha dormit d'una tirada sense cap problema. «Què passa? Per què nosaltres no podíem aconseguir-ho?», us pregunteu. La resposta és molt senzilla: no havíeu plantat cara a la situació, no sabíeu què passava ni què havíeu de fer.

El primer és aplicar el mètode, agafar un llapis i el quadern d'anotacions i posar fil a l'agulla. Cal establir uns límits molt clars i senzills perquè el nen aprengui el que li toca fer, i observar i anotar les seves característiques de comportament.

Pas a pas perquè aprenguin a dormir sols

Aconseguir que associï el son amb el seu llit. El nen no es pot adormir un dia a la sala, un altre al llit dels pares, un altre al cotxet...

No ha de sortir de l'habitació. Cal generar la confiança suficient perquè no es mogui del llit i esperi que nosaltres entrem tres cops a l'habitació en un termini de mitja hora, amb diferents excuses: *a*), me'n vaig a posar el pijama i ara torno, *b*) vaig a buscar les sabatilles i de seguida sóc amb tu, *c*) et porto el nino ara mateix. I complir-ho al peu de la lletra. Aconseguirem, si som ferms i no cedim, que el nen confiï en nosaltres, cosa que l'ajudarà a relaxar-se i agafar el son. Gradualment, anirem allargant l'interval entre les entrades, de manera que a la segona ja el trobarem adormit. Però, perquè funcioni, hi ha d'haver un canvi d'actitud previ per part dels pares i cal ser molt rutinaris: fer el mateix cada dia.

Per aconseguir que aprenguin qualsevol altra rutina

Hem de fer servir la taula d'incentius, a partir dels 2-3 anys, depenent de la maduresa del nen. No hem d'oblidar que no hi ha punts negatius. A les caselles de cada dia enganxarem l'adhesiu corresponent si ho ha fet bé, però si no, senzillament, no hi haurà cap adhesiu. Segons la dificultat de l'objectiu, marcarem el nombre d'adhesius necessaris per obtenir la seva recompensa o incentiu, i li ho dibuixarem, o enganxarem una foto al costat de la taula.

És molt important que els incentius no siguin materials, ja que aquesta mena d'incentius tenen poc poder de motivació. Quan el nen ha aconseguit el que volia, ja no se'n torna a recordar i ho amuntega amb totes les altres joguines. En canvi, si les recompenses que obté per complir els objectius marcats amb els pictogrames són vinculants, això li quedarà marcat per sempre. Per exemple, podem organitzar-li una petita festa amb els amics, perquè ja és gran, o dur-lo una tarda a un parc de jocs o d'atraccions.

GRÀFICA D'INCENTIUS CONDUCTUALS (0-3 ANYS)

• Anar al llit 								
• Controlar el pipí 								
• Higiene personal 								
• Menjar sol 								
• Vestir-se sol 								
• Endreçar 								

Cada mes podem plantejar diferents objectius i variar els diferents incentius

Vegem com seria amb un altre hàbit com ara vestir-se. Per a un nen petit, realitzar una ordre complexa com aquesta és difícil; sovint triga perquè no sap per on començar, i li costa decidir-se. És necessari segmentar-ho en una seqüència d'accions més petites per ajudar-lo que sàpiga què ha de fer a cada moment i es pugui concentrar com cal.

- Vestir-se = la roba interior + posar-se els mitjons + els pantalons + el jersei.
- També hem de triar un ordre i seguir-lo sempre de la mateixa manera perquè el nen pugui automatitzar aquest hàbit:
  - Preparar la nit abans el que s'ha de posar.
  - Pactar quins dies ho tria el nen i quins dies els pares.
  - Llevar-nos amb el temps suficient perquè es pugui vestir tot sol sense que ens posem nerviosos. Si ho fem per ells, els limitem la seva independència.
- Crear una rutina que l'ajudi a centrar-se en una cosa cada vegada.
  - En primer lloc: posar-se la roba interior mentre la mare prepara la motxilla.
  - En segon lloc: posar-se els pantalons i el jersei mentre el pare prepara l'esmorzar.

En aquest cas també fem servir la taula d'incentius amb pictogrames de les diferents peces de roba perquè el nen les pugui identificar. Per cada peça, rebrà un adhesiu, i els anirà acumulant per obtenir l'incentiu o recompensa que hem acordat.

Cal planificar molt bé les estratègies i els objectius que volem aconseguir: cada trimestre, us heu de plantejar tres objectius; per exemple, anar-se'n a dormir sol, vestir-se sol i rentar-se les dents. Els incentius, tal com hem dit abans, han de ser adequats al nen i a la seva personalitat, diferents per a cada germà, i encara que siguin no materials, és important que siguin reals. Penseu que si aconsegueixen els tres objectius i després es queden sense premi, o bé triguem molt a donar-los-el, el resultat serà tan negatiu que després ens costarà el doble poder motivar-los. Perden la seva confiança en nosaltres, en la nostra paraula, i per aconseguir que us tornin a fer cas, us ho haureu de treballar molt, o de vegades se'ls acaba castigant, tornant així a caure en el cicle negatiu. El nen es tancarà en ell mateix i es tornarà apàtic.

Prioritats que hem de tenir. La regla d'or en aquesta edat és... amor a dojo!

Ser bons pares vol dir estimar i implicar-se de veritat pels fills. L'amor no només dóna al nen un sentit de seguretat, pertinença i suport, sinó que també aplana les dificultats de la infantesa. L'amor ha de ser constant i incondicional —fins i tot quan el nen es comporta de manera incorrecta— i mai no deixeu passar l'oportunitat d'abraçar-lo i lloar-lo. Dir-li coses agradables quan no s'ho espera tindrà un efecte durador. És molt important que el nen conegui els sentiments dels seus pares, perquè l'opinió que tenen de la vida és important per a ell, encara que actuï com si no ho fos.

Amb tot, l'amor no està renyit amb la disciplina. I, encara que a nosaltres ens sembli el contrari, els nens necessiten desesperadament que algú els posi límits. Això sí, sempre és millor utilitzar frases positives i dir «M'agradaria que fessis això» que no pas «No facis això».

Guia de prioritats

És més important que s'alimenti bé que no la manera com ho faci. Amb tot, cal ensenyar-los a fer-ho. A la Xina ho fan amb bastonets i a terra, i aquí, amb coberts i asseguts.

És més important que dormi que no pas que ho faci sense xumet perquè toca. Sempre hi ha un límit i hem de tenir clar que, encara que el son sigui una necessitat fisiològica, cal aprendre-la com si fos un hàbit.

És bàsic que no s'alteri l'ordre dels hàbits diaris. És més important mantenir l'ordre dels costums diaris que no endarrerir-se mitja hora.

És fonamental que l'equip Pares estigui d'acord i s'impliqui conjuntament en totes les tasques i decisions que es refereixen al fill.

Davant de qualsevol dubte, cal tenir clar el que és més important per al creixement del nen, i actuar de mutu acord amb total seguretat, flexibilitat i coherència.

Els nens basen el seu desenvolupament emocional en tres pilars bàsics: l'àrea intel·lectual, l'àrea física (o motriu) i l'àrea afectiva. Entre aquestes tres àrees hi ha una gran interacció, però una d'elles és el motor de les altres dues. I aquesta no és altra que l'afectivitat, la motivació... en definitiva, l'afecte.

Un estudi fet als Estats Units ha demostrat molt clarament com un ambient afectiu càlid pot impulsar el desenvolupament intel·lectual dels nens. Els petits que formaven part d'aquest estudi pertanyien a un orfenat. Quan se'ls van fer els tests d'intel·ligència, les seves puntuacions de quocient intel·lectual oscil·laven entre 70-90.

Van dividir els nens i les nenes de l'orfenat en dos grups, A i B, per poder comprovar la hipòtesi segons la qual un entorn en què les criatures rebessin una dosi d'afecte extra podia motivar-les en l'àrea intel·lectual i aconseguir així un augment de les puntuacions en les proves d'intel·ligència.

Van deixar els nens del grup A a l'orfenat, a cura d'un grup de funcionaris amb els quals era impossible crear vincles afectius, ja que, a causa del programa de torns laborals, els canvis eren constants i no tenien temps d'establir cap contacte més enllà de satisfer les seves necessitats físiques i mentals.

En canvi, els nens del grup B van ser traslladats, i es va crear per a ells un sistema de tutela, en el qual cada nen estava cuidat, amb supervisió professional, per un adult amb síndrome de Down. D'aquesta manera, es pretenia modificar-los, únicament, l'àrea afectiva. L'elecció dels tutelats va ser deguda a les característiques pròpies de la seva personalitat, ja que les persones afectades per aquesta síndrome són especialment afectuoses.

Al cap d'uns quants anys, se'ls va tornar a sotmetre als tests d'intel·ligència, i el resultat va ser que els nens del grup A mantenien les seves puntuacions a l'interval 70-90, mentre que els del grup B havien augmentat sorprenentment les seves puntuacions gairebé en un 20 %. El seu interval de quocient intel·lectual oscil·lava ara entre 90-120. A més, el seu desenvolupament emocional era més equilibrat i la seva personalitat més estable. En un seguiment posterior, es va comprovar que els que havien format part del grup B havien estat capaços d'inserir-se satisfactòriament en la societat, tenien feina i la majoria havia format una família.

El que hem descrit en aquest exemple és una història real, que posa de manifest la gran importància, com a motor emocional, de l'afecte i l'estimació, i els seus efectes sobre el desenvolupament intel·lectual.

El desenvolupament del nen s'ha de dur a terme de manera harmònica i equilibrada. No es pot estimular només una àrea en detriment d'una altra, o fer-ho de manera desfasada, donant més importància a una que a una altra. És a dir, que no val la pena que inscriguem el nen en una pila de cursets d'estimulació si després això no ho podrà compartir amb nosaltres, o que l'apuntem a una lliga de futbol si després no podrem anar-lo a veure en cap partit, o a piano si quan toca a casa li demanem que ho deixi perquè estem mirant la televisió. No ens pot importar només que tregui les millors notes a l'escola i res més. És com comprar-li una pila de joguines i no tenir temps per jugar-hi. L'amor no es compra amb joguines. Per valorar la importància de l'esfera afectiva en el desenvolupament integral dels nens, el professor H. Harlow i els seus col·legues de la Universitat de Wisconsin van elaborar un experiment amb cries de mona. Van dissenyar tres «mares» substitutives per acollir i alimentar les cries. La primera era un ninot que imitava una mona feta de filferro. La segona era el mateix ninot, però recobert amb una tovallola. I la tercera era altra vegada el mateix ninot, però ara recobert de pelfa i amb forma de gronxador.

Després d'uns quants mesos en què les diferents monetes eren criades per les mares substitutives assignades, van ser traslladades a una altra gàbia comuna, on hi havia altres mones, que havien estat criades per les seves mares veritables. Es va comprovar que la mona del segon cas tenia serioses dificultats per establir contactes amb les altres mones i s'estava sola en un racó. La mona del primer cas hi intentava interactuar, però ho feia de manera agressiva. I la mona del tercer cas establia conductes de joc semblants a les de les altres mones criades amb normalitat. Així doncs, la hipòtesi que la necessitat de contacte físic com a principal transmissor d'afecte és primordial per aconseguir un nivell de sociabilitat correcte del nen, queda comprovada amb les diferents reaccions de les mones.

Els casos d'adopció també són un bon exemple de la importància de crear vincles afectius i la seva repercussió en el desenvolupament físic i global. Quants nens asiàtics, de l'Europa de l'Est o sud-americans han fet un canvi espectacular en ser rebuts per uns pares ansiosos de donar afecte de manera incondicional. Quants han arribat en pèssimes condicions, desnodrits, gairebé sense caminar, sense comunicar-se, rebutjant qualsevol contacte físic per por i només en un mes d'atencions, afecte, dolcesa...

se'ls han il·luminat els ulls, han començat a menjar, a riure, a créixer... i a aprendre.

La millor medecina per a un nen és una bona dosi d'afecte, magarrufes i dedicació. Escolta'ls, acompanya'ls, comparteix amb ells el teu temps... i tot canviarà.

Com pot crear tants problemes un nadó tan petit? Les excepcions

Moltes vegades, els pares arribem a creure que tot el que funciona amb la majoria dels nens, sembla que amb el nostre surti sempre al revés. «Tan malament, ho fem?», pensem. D'altra banda, estudis recents deixen cada vegada més clar que els nadons són diferents ja des del moment de néixer.

El New York Longitudinal Study va demostrar de manera concloent que des de la primera infància hi ha diferències significatives de caràcter i, últimament, s'ha insistit molt en els anomenats nadons vulnerables.

El doctor Berry Brazelton, entre altres, ha identificat un grup de nadons «difícils», que reaccionen sempre malament. Per ajudar-vos a saber si el vostre nen es troba en aquest últim grup, podeu fer un petit test, proposat pel doctor Stanley Turecky.*

Puntua del 0 al 3 els següents trets del caràcter:
0 = Cap problema.
1 = Problema moderat.
2 = Problema evident.
3 = Problema extrem.

* Stanley Turecky i Leslie Tonner, *El niño difícil: cómo comprender y tratar a los niños difíciles de educar*, Medici, Barcelona, 1995.

- **Gran nivell d'activitat.** Infatigable, inquiet, es cansa de tot, és atabalat, tot ho fa de pressa, se sobreexcita amb facilitat, s'enfada amb facilitat.
- **Nivell de distracció.** Té problemes per concentrar-se, es desconnecta, no sap escoltar, s'oblida de les ordres.
- **Intensitat elevada.** El nen és intens en les seves emocions, tant si se sent desgraciat o enfadat com feliç.
- **Irregularitat.** És un nen impredictible. No és fàcil endevinar quan tindrà gana o estarà cansat. Amb ell, tant l'hora d'anar a dormir com la de menjar són una batalla, es desperta diverses vegades a la nit, canvia d'humor de cop i volta i sense cap causa concreta.
- **Persistència negativa.** És tossut. Quan vol alguna cosa, no cedeix fàcilment, li costa molt afluixar la corda, queda «atrapat» en les situacions negatives i pot tenir rebequeries molt llargues.
- **Sensibilitat física exacerbada.** Percep amb molta intensitat els colors, la llum, l'aspecte extern, la textura, el so, l'olor, el gust o la temperatura. És molt creatiu, però amb preferències molt fortes i poc corrents, que poden ser motiu de discussió.
- **Resistència inicial.** És tímid i reservat amb les persones desconegudes. No li agraden les situacions noves, es manté en un segon pla i protesta plorant o aferrant-se a la mare. Pot arribar a fer una rebequeria si se l'obliga a continuar endavant.
- **Dificultat d'adaptació.** Té problemes amb la transició i el canvi d'activitats i de rutines. És inflexible, molt especial, s'adona dels canvis més petits. Li costa adaptar-se a coses noves.

Depenent de quants trets de caràcter es trobin en l'extrem difícil de l'espectre, i segons el grau de resistència dels pares, ens trobem davant les situacions següents:

- **Nen bàsicament fàcil, però amb alguns trets difícils.** Això vol dir que els pares se'n saben sortir sols, però algun consell pràctic no els aniria gens malament.

- **Nen difícil.** El nen és difícil d'educar i els pares es troben davant situacions de tensió que els desconcerten. Els costa sortir-se'n sense ajut extern.
- **Nen molt difícil.** Aquest nen genera situacions conflictives en les quals es fa imprescindible un manual d'instruccions.

Un cop identificat si el vostre nadó es troba en aquest grup, no us espanteu, potser us farà falta una mica més de paciència, però amb les pautes adequades les coses aniran tornant al seu lloc. Quan tenim a les mans un bebè o un nen d'aquestes característiques, necessitem una gran força de voluntat i molt autocontrol, perquè normalment són nens que aconsegueixen treure'ns de polleguera.

Hem d'acceptar que no ens ha tocat el nen que havíem somiat, com els dels anuncis, però que si ens el treballem, arribarà a ser-ho. Serà un repte constant, però, un cop superada la primera etapa, en la qual s'estableixen els precedents educatius, i tenint clar que nosaltres no en tenim la culpa, i que no és un nen malcriat, sinó difícil de caràcter, tota la resta ve sola.

Els nens d'aquest tipus acostumen a quedar-se bloquejats i travats davant les situacions negatives, tenen un baix índex de tolerància a la frustració i, quan se'ls duu la contra, entren en un cercle viciós del qual no saben sortir. Queden ancorats en un punt i si els pares no saben reaccionar a temps, la situació se'ls pot escapar de les mans.

Davant d'aquest tipus de conflictes, la reacció dels pares ha de ser sobretot planificada per endavant, la improvisació sobre la marxa acostuma a ser mala consellera. Perquè, quan actuem sense una estratègia prèvia, ens podem deixar endur pel nostre estat d'ànim, pel cansament, pels nervis... i, en comptes de solucionar la situació, espatllar-la.

Una de les premisses bàsiques en aquests casos és sempre la d'*evitar* situacions que ja sabem per endavant que són conflictives. Per exemple, dur un nen de dos anys d'aquestes característiques de compres a una gran superfície un dissabte a la tarda, és un acte que té assegurat el conflicte. El nen s'anirà carregant amb el soroll i la sensació de reclusió, no el deixareu córrer, ni agafar el que ell vulgui, i en menys de mitja hora us organitzarà, per qualsevol fotesa, una rebequeria com una casa.

Què podem fer en una situació conflictiva?

Intentar-lo distreure amb alguna cosa que li cridi l'atenció o apartar-lo del lloc on està organitzant el número, portar-lo al cotxe i deixar que es calmi sol, abans de tornar a entrar.

Fer cas només dels comportaments rellevants. Davant els altres comportaments, indiferència absoluta i fer servir la taula d'incentius per aconseguir que faci els aprenentatges acordats.

Cal tenir sempre present que per a nosaltres no existeixen negatius, simplement es queda sense adhesiu. Aquests nens reaccionen molt malament davant els càstigs negatius. El cas següent n'és un exemple clar.

L'Andreu és un nen que desconcerta la seva mare constantment, i el seu pare ja no sap què fer amb ell. Segons el test del doctor Turecky presenta una dificultat de caràcter força marcada, que li afecta directament el son. Té molts problemes per agafar el son i relaxar-se. És molt nerviós, i costa que faci cas del que li diuen. Quan alguna cosa no surt com ell vol, es posa a mil i li costa controlar-se. A l'escola —ha començat aquest any el parvulari—, es reprimeix molt, perquè té pànic de fer el ridícul o que li cridin l'atenció, cosa que origina que, quan arriba a casa, es deixi anar i es lliuri totalment al seu mal humor i a la seva negativitat.

Cal avisar-lo i preparar-lo per a cada canvi d'activitat. Cal dirli, per exemple: «Andreu, quan la mare acabi de preparar el sopar, et toca anar a la banyera», i mirar de no canviar-li l'ordre de les rutines, perquè aleshores es posa molt nerviós.

Una anècdota explicada pel seu pare posa de manifest la dificultat de la situació. Cada vegada que han de fer un viatge llarg amb cotxe, en què és obligatori fer servir el cinturó de seguretat, sorgeixen problemes. L'Andreu no accepta anar lligat i no poder-se moure al seu aire. És capaç de passar tot el viatge plorant, cridant i picant de peus. Van provar diferents coses: primer la mare duia les cançons que al nen li agradaven i les escoltaven al cotxe, però això no donava resultat. Després, van provar de dur joguines perquè es distragués, però encara era pitjor, perquè li queien i no arribava a agafar-les.

Un dia, el seu pare, que ja no podia suportar més aquesta situació, va aturar de cop el cotxe, va baixar, li va obrir la porta i, de manera molt calmada, però molt seriosament, li va anunciar que l'anava a deslligar i que el deixava a la carretera, perquè no podia viatjar amb cotxe d'aquella manera. El nen, davant la brusca, però seriosa i calmada reacció del pare, va callar de cop, i mai més no ha tornat a intentar deslligar-se el cinturó de seguretat. Aquest és un cas en què una acció improvisada ha donat molt bon resultat, però abans han hagut de passar gairebé tres anys de lluita, cada vegada que pujava al cotxe.

Per això, el millor és sempre prevenir. Si sabem en tot moment el que hem de fer, les nostres reaccions són més efectives i no el fruit de la desesperació. La neutralitat és una de les claus per tractar amb èxit aquest tipus de situacions. És a dir, cal mantenir-se distant i actuar amb el cap, racionalment, sense deixar-se arrossegar pels instints.

No ens hem de prendre mai un mal comportament d'un nen com una cosa personal. Eliminem pensaments del tipus «Per què m'està fent això?», o bé «¿Ho fa expressament per fer-me la guitza?».

Ens hem de concentrar en el nostre objectiu, que no és cap altre que canviar els comportaments difícils del nostre fill. Per fer-ho, és necessari que adoptem un rol semblant al d'un professor que està analitzant el tema i pren una actitud al màxim de freda. Davant un comportament problemàtic, ens hem de plantejar les qüestions següents per saber com hem d'actuar:

- En primer lloc, és imprescindible que adoptem el nostre paper de professor que analitza un problema i posem la distància i neutralitat necessària per pensar i avaluar quin tipus de comportament tenim entre mans. Deixem de banda els motius i concentrem-nos en el tipus de comportament que ens ocupa. ¿És temperamental? Si ho és, hem d'actuar amb simpatia, evitant l'enfrontament.
- Hem de buscar el contacte visual i posar en pràctica la tècnica d'etiquetar la conducta i seguir la taula d'incentius per a rutines o hàbits diaris. Si no és una conducta deguda a un tret del caràcter, sinó que és neutra però rellevant, actuarem immediatament, amb una actitud severa, breu i directa que aparti el nen del comportament en qüestió, mantenint sempre la mateixa estratègia.
- En aquests casos, dóna molt bon resultat utilitzar la mateixa tècnica que hem explicat per solucionar les rebequeries a la pàgina 60. Porteu-lo a una habitació mancada de significat per a ell, com el rebedor, el passadís, el despatx o el recambró de rentar, i deixeu-lo allà cinc minuts tot sol perquè reflexioni. Un cop hagi passat aquest temps, entreu a l'habitació i li pregunteu si està disposat a fer les paus i li dieu que nosaltres ja sabem que ho ha fet «sense voler». I afegiu que els pares han d'ensenyar-li el que es pot fer i el que no es pot fer, perquè us l'estimeu molt i voleu que ho aprengui. Si continua plorant després d'aquest petit discurs, se'l deixa set minuts de rellotge, per veure si disminueix la força del plor. Després, torneu a entrar i repetiu el mateix discurs, fins que aconseguiu que cedeixi i entri en raó.

• Aquesta tècnica resulta molt eficaç a partir del tercer o quart dia si s'aplica al peu de la lletra. El nen aprèn ràpidament que, quan els pares diuen alguna cosa, s'ha de complir d'una manera inexorable. I, com que comprova en carn pròpia que cada vegada que es comporta malament és reclòs i ignorat i s'avorreix, se sent impotent... i desisteix. Això no vol dir que no torni a l'atac amb un altre tipus de comportament, però el que hem marcat segurament no es tornarà a produir.

• Com més petit és el nen, més espectaculars són els resultats. Òbviament, per aplicar aquesta tècnica, les conductes han de ser rellevants pel que fa a la desobediència per falta de respecte, contestar malament a un adult, insults o baralles amb cops de puny, puntades de peu, mossegades, etc. No actuarem d'aquesta manera si se li acut fer una criaturada, com ara obrir tots els calaixos o posar en funcionament la tele.

Què fem amb el xumet, els bolquers, la inapetència... El podem agafar a coll? És bo que vingui a dormir al nostre llit?...

Hi ha un munt de situacions davant les quals, sovint, com a pares, no sabem què hem de fer ni a qui podem recórrer per saber si actuem de la manera correcta. Deixa't portar per les solucions que et proposem en aquest capítol i t'assegurem uns resultats sorprenents.

Adéu, xumet estimat!

Hi ha molts pares que vénen a preguntar-nos quina és l'edat idònia per treure el xumet al nen, com si existís un manual amb dates i normes sobre com, on i de quina manera es pot aconseguir ferho bé i ser uns pares perfectes. Però, de moment, aquest manual no existeix. En la majoria de les guarderies s'informa de la necessitat de fer-ho cap als 24 o 30 mesos. A les revistes, s'avisa del perill que el xumet pot deformar la dentadura infantil... i sembla que si els pares no són capaços de treure el xumet al nen no siguin bons pares. Doncs bé, des del punt de vista psicològic, no és aconsellable deixar de banda el xumet massa d'hora. Abans, cal que el nen hagi aconseguit de superar les etapes següents:

- S'ha adaptat al ritme de la guarderia i a les absències de la mare.

- Dorm tota la nit d'una tirada i al llit gran.
- Ha superat i controlat els escapaments nocturns de pipí i dorm sense bolquers.

En aquest moment, el nen estarà preparat per dir adéu al xumet sense traumes ni conflictes posteriors. Com podem veure, no hi ha una edat fixa, ja que aquest moment està determinat pel ritme de maduració del nen. No es tracta d'imposar o de prohibir qualsevol hàbit perquè toca, sinó perquè hem aconseguit que assimili el canvi amb naturalitat. Cal trobar el moment oportú o la situació adequada.

El pare d'en Daniel va descobrir per casualitat quin era el punt feble del seu fill. En Daniel no es desfeia del xumet per res, el duia sempre amb ell com una mena de talismà, però també era admirador d'un futbolista anomenat Romário. I tot i que en Pere, el seu pare, ja li havia comentat una vegada i una altra que allò del xumet era cosa de criatures i que ell era gran, no li feia cap cas. Fins que un dia, mentre estaven mirant plegats un partit de futbol en què jugava Romário, a en Pere se li va acudir dir-li: «¿Ho veus? Romário, com que és gran, no porta xumet». Es veu que el nen es va identificar amb el seu ídol i l'endemà mateix va agafar el seu pare de la mà i es va acomiadar del seu adorat xumet tirant-lo pel vàter després d'un emotiu comiat.

Hem de tenir present que, per a molts pares, el xumet no passa de ser un aliat en moments conflictius que ajuda a calmar el nen, i que pot suposar un veritable problema si no es té a mà en un moment donat. En tenen de totes les formes i colors, i n'apareixen fins i tot en els racons més amagats, per si de cas. Per a uns significa una nosa antiestètica, per a d'altres, una mena de salvavides màgic. Però per al petit significa molt més: el seu millor amic, el seu consol, la seva seguretat... és molt més que un simple artefacte sense sentit aparent.

Per això, cal que ens agafem molt seriosament el moment de la separació, amb una estratègia ben estudiada perquè no hi hagi marge d'error. Una bona idea és anar preparant el terreny amb temps, per deixar el xumet als Reis d'Orient o al Pare Noel, al peu de l'arbre de Nadal. Així, ells se l'enduran i en el seu lloc deixaran una joguina especial. El més important és que el nen ho tingui ben assimilat i que estigui preparat per fer aquest gran pas cap a la seva independència. Seria absurd, doncs, voler-ho fer abans d'hora, i després, veient com ho passa de malament el nen —ja que, si no és el moment adequat, per a ell serà una situació difícil—, tornar-l'hi a donar. Així doncs, cal planificar bé la nostra estratègia abans d'actuar.

Oblida't dels bolquers!

Deixar els bolquers és un moment crucial en el desenvolupament del nen, per les nombroses implicacions que té a nivell afectiu. El pas cap a la independència que suposa aprendre a controlar els esfínters és definitiu i hem d'ajudar el nen i viure-ho com una etapa més en el seu procés de desenvolupament. Primerament, cal ensenyar-li a familiaritzar-se amb el seu propi culet. Després, fora els bolquers!, i si s'escapa el pipí, no passa res... és el camí per aprendre a controlar-lo.

Moltes vegades, ens trobem que alguns nens integren els bolquers en el seu esquema corporal, i se senten desprotegits si no els duen. El vell tòpic segons el qual els nens tímids són els que tenen problemes d'escapaments de pipí ha estat descartat pels estudis més recents sobre el tema. En realitat, el que passa és just el contrari. El petit se sent impotent pel fet de no poder controlar el seu cos mentre els altres nens no tenen cap problema a fer-ho, i això fa que es vagi tornant tímid i insegur, que inhibeixi les seves reaccions normals i renunciï a conductes normals, ja que se sent diferent dels altres amics que controlen el pipi sense cap problema.

Adéu als bolquers en set dies

Abans de decidir treure-li els bolquers, cal comprovar que el nen ja identifica quan té pipí i ens avisa. I ja sap on l'ha de fer, a l'orinal o al vàter, amb adaptador o sense.

Dilluns. Aviseu el nen i li recordeu que us cridi quan tingui ganes de fer pipí. Cal ensenyar-li que, a partir d'ara, només farà servir els bolquers de nit.

Dimarts. Vigileu-lo i, més o menys cada hora i mitja, porteu-lo a fer pipí. L'heu de tenir tot el dia sense bolquers, amb roba còmoda, com ara pantalons amb gomes. I poseu-li els bolquers només per dormir, tant a l'hora de la migdiada com a la nit.

Dimecres. Li ensenyem a tallar el pipí a voluntat, és a dir, que aprengui a controlar voluntàriament l'esfínter.

Dijous. Ara, deixem que vagi corrent a l'orinal ell sol quan tingui pipí. Aleshores, a més de felicitar-lo, enganxarem un adhesiu al calendari per visualitzar els seus progressos. Si se'l fa a sobre, no li ho tindrem en compte; com a molt, li direm: «Recorda't de dir al pipí que t'avisi quan vulgui sortir».

Divendres. Per reforçar l'aprenentatge, el pare o la mare han d'anar al vàter amb ell. Si el nen veu que els seus pares fan el mateix que fa ell, se sentirà més segur.

Dissabte. A aquestes altures, el nen ja ha de controlar els escapaments un 90 % de les vegades; si no és així, hauríem de controlar-li la dieta i vigilar que no sigui excessivament diürètica.

Diumenge. Si ja ho ha aconseguit, el farem membre del club dels grans perquè se senti orgullós dels seus progressos. A continuació, retirarem els bolquers de la migdiada i, quan hagin passat aproximadament 15 dies i fent-ho de la mateixa manera, els bolquers de la nit.

És molt important que entre la retirada dels bolquers diürns i els nocturns no passin més de 15 dies, ja que, si no es fa d'aquesta manera, es corre el risc que no es completi adequadament l'aprenentatge.

El nen pot pensar alguna cosa com ara «Aprenc a oblidar-me de controlar el pipí a la nit, perquè, com que em posen els bolquers...». Hem de pensar que el mecanisme de control dels esfínters és el mateix de dia que de nit, i se sol aprendre alhora. Però si el missatge que donem al nen és «Tranquil, no pateixis, a la nit no has de fer cap esforç; et posarem els bolquers», ell es relaxa i aprèn el contrari. Aquesta informació confusa pot provocar un trastorn d'enuresi encobert per hàbits incorrectes.

Així doncs, posem fil a l'agulla! No és tan difícil, només cal perdre la por que mullin un parell de dies els llençols. Pensem que, en l'època de les nostres àvies, quan el nen tenia entre 12 i 18 mesos, les mares se les enginyaven per eliminar els bolquers, que aleshores es rentaven a mà. En canvi, ara, amb la comoditat dels bolquers d'un sol ús, hem allargat gairebé un any aquest procés.

No em menja... què faig?

En primer lloc, i és una cosa fonamental, cal descobrir per què el nen no menja. No és el mateix un nen inapetent que un nen capritxós o un altre que està passant una gelosia terrible perquè li acaba de néixer un germanet. El primer que cal plantejar-se és si sempre ha estat un nen amb dificultats a l'hora de menjar o, contràriament, si és un nen que menjava molt bé i de cop I volta sembla que ha perdut la gana.

Hem de pensar que tots els canvis afecten el nen i que no sempre es té la mateixa gana, però, naturalment, si està content menjarà millor que no si està abatut. Respectem el seu ritme i no l'obliguem a menjar; sempre és millor esperar una mica i donar-li el menjar quan realment tingui gana.

Les nostres prioritats en aquest tema han de ser les següents:

- Abans del primer any, és més important que s'alimenti que no pas preocupar-nos per la manera com ho fa. Amb això volem dir que si observem que menjar amb cullera li costa, abans que generar una situació conflictiva, hem d'optar per utilitzar el biberó, amb un forat més gran i amb el puré a dins. Imaginem l'Ignasi, un nadó de sis mesos que després del bany està cansat i cau de son, es posa nerviós i, tot i que els altres àpats del dia els pren força bé, a la nit acaba adormint-se després d'haver menjat només dues cullerades, cosa que ocasiona que es desperti a mitjanit perquè, com és natural, té gana. La solució d'aquesta situació passa per deixar de banda temporalment la nostra obsessió per la cullera. No passa res perquè continuï fent amb biberó dos dels àpats. A aquesta edat, és molt més important que no se salti una presa i que s'alimenti de manera convenient. Cal donar-li un temps d'adaptació; encara és molt petit. És millor anar a poc a poc, però amb bona lletra.
- A partir del segon any, no li hem de demostrar que el tema del menjar ens preocupa i que estem disposats a fer qualsevol cosa per tal que mengi. Ho utilitzarà per fer-nos xantatge emocional. La mare de la Mònica estava molt preocupada perquè la seva filla acabava de fer dos anys i encara no menjava de tot. Quan li vam preguntar per la varietat d'aliments que tastava, vam tenir la sorpresa de comprovar que la Mònica menjava carn de vedella, pollastre, gairebé tots els peixos blancs, fruita i verdura, però no li agradava el xai i rebutjava les sardines i els espinacs. L'objectiu no és que un nen de dos anys sigui un petit gurmet, sinó que aprengui a poc a poc a anar tastant diferents gustos i

textures, i ens podem donar per satisfets si menja un tipus de carn, un tipus de peix i ous, i tasta alguna fruita o verdura i llegums. No és necessari que li agradin les bledes, els espinacs, les carxofes... Si menja un parell de cops per setmana mongetes tendres, ja n'hi ha prou. No hem d'oblidar que el menjar bàsic, l'aliment principal en aquesta edat, és la llet. Mig litre de llet al dia, més derivats, com iogurt o formatge, són imprescindibles. Els derivats làctics *no* substitueixen la llet. Hem de pensar que aquesta és la principal font de proteïnes plàstiques, que són les encarregades del creixement dels nostres fills.

- A partir dels tres anys, cal començar a marcar unes pautes més fermes i començar a educar pel que fa a la manera de menjar. És important fer-ho sempre al mateix lloc, amb un temps determinat i amb els mateixos elements externs. Amb això volem dir que no podem passar-nos dues hores intentant que mengi, fent tota mena de coses perquè s'entretingui, ni podem donar-li el menjar cada dia en un lloc diferent: a la saleta, a la cuina, amb el televisor, a la seva habitació... sinó establir una rutina perquè el nen pugui aprendre quina conducta esperem d'ell.

Trucs bàsics per afrontar amb èxit l'hora de menjar

La paciència i la indiferència són la nostra millor arma davant un àpat conflictiu. Perdre els nervis, amenaçar-lo sense televisió o retreure-li la seva actitud no ajudaran a fer que el teu fill aprengui a menjar de tot i amb un horari regular, sinó ben al contrari. Quan el nen us digui «Si no veig els dibuixos, no menjo» o alguna cosa semblant, voldrà dir que ha descobert el vostre punt feble i que l'utilitza per aconseguir el que ell vol. NO cediu mai davant aquestes situacions!!!

Feu veure que no us importa gens ni mica i que, òbviament, es quedarà sense menjar i sense tele fins a nova ordre. Però feu-ho sense enfadar-vos, amb fredor i indiferència, com si no passés res.

Les hores dels àpats han de ser relaxades, és un moment de confidències, d'intercanvi, de relació entre els pares i els fills. És bo que us vegi menjar també a vosaltres, ja que així us imitarà.

Feu-li plats combinats amb petites racions de diferents gustos. Una croqueta, dues patates fregides i una miqueta de pernil dolç, per exemple. És important que s'ho acabi i així poder lloar la seva conducta. Després, de postres, doneu-li les seves farinetes habituals per assegurar-nos que no es queda amb gana.

Eviteu que prengui gaire aigua entre àpats. L'únic que aconseguiu és que li disminueixi la gana i no s'alimenti. Amb l'aigua que porten tant les farinetes com els biberons, ja n'hi ha prou. A partir de la introducció de menjars sòlids és quan cal començar a oferir-li aigua, en petites quantitats i sempre després de menjar

Al principi, cal deixar-li que toqui el menjar amb les mans o que s'ajudi. És una cosa que al principi li costarà de controlar. Deixeu-lo anar al seu ritme i premieu-lo amb el vostre millor somriure quan acabi. O prometeu-li que li explicareu un conte si acaba aviat.

El temps per menjar ha d'oscil·lar entre 20 minuts i mitja hora. Si no és així, s'avorriran ells i també ens avorrirem nosaltres.

Si tot això no funciona, és convenient que es quedi a dinar a la guarderia, a l'escola o a casa dels avis una temporada. És millor tallar aquesta situació que no allargar-la i crear un autèntic conflicte. Com que està en perill el vostre vincle afectiu, tant el nen com el pare encarregat dels àpats poden començar a tenir mania a aquesta situació, que enterboleix la relació sentimental. En el moment que et sorprenguis a tu mateix pensant «Quina sort!, avui he d'anar a treballar i es quedarà ell amb el nen. Així el perdo de vista i em salto el dinar», és un símptoma que hi ha alguna cosa no va bé. Els pares que es troben en aquesta situació són molt nombrosos i comencen a desenvolupar conductes d'evitació, es busquen mil excuses per no estar amb el nen, es troben angoixats; la situació es comença a escapar del seu control i no saben com han d'actuar. És el moment ideal per decidir que el nen es quedi a dinar fora de casa. Qualsevol opció és vàlida, tant la guarderia com els avis o la cangur. L'objectiu és frenar la situació de desgast psicològic, desimplicar-nos dels fets per poder ser més objectius. Segurament, en un entorn neutral i amb més nens el vostre fill començarà a imitar la conducta que veu al seu voltant i aprendrà a menjar sense problemes. No deixarem de ser uns pares meravellosos per això. La vostra tasca implica aspectes més profunds, que han de preservar-se.

És bo agafar-lo a coll? Fins quan?

No hi ha res en l'educació dels fills que sigui bo o dolent, tot depèn del motiu que ens porti a fer-ho. Agafar el nen a coll pot ser molt beneficiós o molt perjudicial. No és el mateix que el nen faci una estoneta que es queixa i el pare, cansat, l'agafi, en contra de les seves conviccions, senzillament «perquè calli», que una mare que agafi afectuosament el seu nadó per fer-li festes perquè n'està orgullosa.

Qualsevol cosa que fem... perquè calli, perquè mengi, perquè s'adormi, perquè no molesti... difícilment aconseguirà el seu objectiu, sinó més aviat ben al contrari.

Els avantatges d'agafar el nen a coll són:

- En sentir el batec del nostre cor, es tranquil·litza, se sent relaxat i li transmetem seguretat.
- L'escalf, la tendresa amb què l'agafem fa que se senti estimat.

• Aprèn a transmetre sentiments a través del contacte físic.

• Aprèn a interrelacionar-se socialment.

• Se li estimula el cervell a través dels impulsos multisensorials que rep.

• El canvi de postura i el bressoleig són importants per al seu desenvolupament psicomotriu.

El nostre objectiu quan agafem el nadó no ha de ser cap altre que comunicar-nos-hi, demostrar-li el nostre efecte i, al capdavall, gaudir d'ell.

El que hem d'evitar és que el nen ho faci servir com un xantatge, perquè està cansat i no vol caminar o simplement perquè no vol obeir. Aquest és el moment en què hem de dir prou.

Segona part

Nens dels 3 als 6 anys

Si no poseu els fonaments, l'autoritat paterna no resistirà el creixement del vostre fill. En aquesta etapa, veurem si el que hem sembrat fins ara dóna els seus fruits... Però estigueu tranquils, que encara som a temps de rectificar.

D'altra banda, ja ha aparegut una cosa importantíssima: el llenguatge. El vostre fill ja parla! A partir d'ara tot canvia, i el nen comença a imposar els seus gustos i va definint la seva personalitat.

El vostre fill ha canviat, i la manera de tractar-lo també ho ha de fer. S'han de canviar les estratègies, ja que el mateix que abans funcionava pot ser que ara ja no serveixi. Ja ho sabeu, si no obeeix a la primera, el que cal en aquests moments és fer un canvi de rumb. I heu de tenir en compte que amb els nens cal ser tolerant i condescendent, però que de vegades s'ha de ser inflexible. Si perdeu aquestes petites batalles, acabareu perdent la guerra.

Predicar amb l'exemple, ser constant i coherent en la seva educació i incentivar el seu esforç des de ben petitet és la clau perquè el nen sigui obedient. Fins ara s'han posat els fonaments damunt els quals es col·locaran els primers maons.

Com podem introduir la disciplina en la seva vida

Imaginem una situació quotidiana. En Marc està jugant a la seva habitació. Des del menjador, la seva mare crida per cinquena vegada: «Marc, a dinar!», però el nen ni s'immuta. Amb una mica de sort, potser hi anirà quan la seva mare ja no pugui més i el dinar sigui fred. És evident que en Marc fa el que li dóna la gana. Al final, la mare perd els papers i el va a buscar, no de la millor manera. Aquesta escena és molt comuna, però és evitable si des de la primera infància ensenyem als nostres fills que allò que es diu una vegada no es repeteix vint vegades més. La clau perquè els fills siguin obedients rau en el mètode d'aprenentatge.

«No, si jo ja li dic que faci les coses, però no em fa cas», solen argumentar moltes mares. Però no es tracta de dir, sinó de fer. Quan tenen al voltant de tres anys, no entenen les paraules, sinó els fets. Per això, quan li dius que se'n vagi al llit, però no l'acompanyes, el nen no és capaç d'associar l'ordre amb la resposta esperada. Se li ha de dir i acompanyar-lo. I això, un cop i un altre, fins que aprengui la dinàmica i reaccioni immediatament i voluntàriament.

I passa el mateix amb la resta de les obligacions. No li diguis només «Renta't les mans». És millor que li ho diguis, que l'agafis, que el portis al bany, que les hi rentis i que li expliquis com ho ha de fer. Si no li ho ensenyes, és difícil que ho aprengui tot sol. A més, si la primera vegada li ho dius, i ho tornes a fer una segona vegada, i una tercera, i ho repeteixes vint-i-cinc vegades sense que t'obeeixi, el nen aprèn que, perquè ell es mogui, la mare haurà de repetir la mateixa ordre un munt de vegades. Sempre cal fer-ho com si fos un joc divertit i cantant alguna cançó que ens serveixi de motivació. Mai com si fos un càstig.

Per reforçar l'aprenentatge

Premia els seus esforços. És important recompensar el nen cada vegada que faci alguna cosa bé. Quan això succeeixi, cal que li digueu que esteu molt contents i proposar-li un joc: es tracta de la mateixa taula d'incentius que fem servir; feu-la més gran amb una cartolina, i que la tingui a la seva habitació per poder controlar diàriament els seus avenços, com si fos un joc.

Dibuixeu en una cartolina gran una quadrícula amb cadascuna de les seves obligacions (rentar-se, vestir-se, endreçar les joguines, anar a dormir...) a una banda, i a l'altra els dies de la setmana, com un quadre cartesià.

Cada vegada que faci bé una d'aquestes tasques, enganxeu un adhesiu (animalons, personatges de dibuixos...) a l'espai corresponent. És important que ho feu amb ell i al mateix moment.

Pacteu amb ell una llista de premis. Per exemple, quan en tingui cinc, pot ser unes bones postres o uns cromos; quan en tingui deu, una tarda en un parc de jocs, i quan en tingui vint, una tarda al circ, una festa amb els seus amiguets, etc., tal com hem comentat anteriorment. Hem d'intentar personalitzar al màxim els premis segons la manera de ser de cada nen o germà.

Cal tenir en compte dos punts importants:
En aquest joc no hi ha punts negatius; només es valora el que és positiu. Si ho fa malament, simplement es queda sense enganxar l'adhesiu, i trigarà més a aconseguir el premi.

És bàsic que els premis no siguin materials, perquè el resultat a llarg termini és millor. Les joguines els duren cinc minuts. El record d'una festa, en canvi, és per a tota la vida.

Aquest joc és molt educatiu i pedagògic, ja que s'aconsegueix que el nen, des de petit, aprengui que tot esforç té una recompensa. La recompensa és doble: de satisfacció personal, perquè ho ha fet bé i els pares estan contents, i, a més, perquè el nen és el centre d'atenció en l'activitat que ha triat com a guanyador.

És bàsic diferenciar el premi del xantatge. Si el nen fa una rebequeria i, perquè calli, li prometeu un caramel o el que vulgui... esteu fent just el contrari del que es pretén: esteu premiant un mal comportament. Cal incentivar, sí, però sempre en positiu. No estem parlant de com eliminar les males conductes, sinó de com evitar que es produeixin, cosa que és molt millor. Si el nen aprèn que les recompenses i l'atenció dels pares les obté quan es porta bé, no li caldrà fer bretolades per aconseguir-les.

D'altra banda, l'educació dels fills és una cursa de fons i requereix dedicació, esforç i coherència. Només així ens guanyarem el respecte dels nostres fills. Si estàs estirat al sofà i dius al teu fill que se'n vagi a dormir, però no fas res perquè ho faci, no esperis que la propera vegada et faci cas.

En tots els aspectes de l'educació, i en aquest més que en cap altre, cal treballar dia a dia amb objectius a llarg termini. Quan són petits, els tolerem massa coses, perquè pensem que ja hi haurà temps de fer-los passar per l'adreçador. Però en aquesta obra cal posar els maons des de bon principi per no haver-nos-en de penedir després, quan no existeixi la possibilitat de fer marxa enrere o sigui molt difícil fer-ho. Cal tenir clar, una vegada més, que el que aprenguin en aquesta època es fixarà en el seu cervell per sempre. Si no obeeixen ara, què pots esperar que facin quan tinguin 15 anys?

L'adolescència és una etapa molt difícil de la vida en la qual el nostre fill haurà de prendre decisions i nosaltres hi podrem fer ben poca cosa. Però si a més no ens hem sabut guanyar el seu respecte, quan sigui gran li resultarà impossible saber quina és l'actitud correcta davant determinades tasques.

Un exemple molt simple però molt gràfic: fer-se el llit. Si habitualment l'hi fas tu, el dia que l'hagi de fer ell, se li farà una muntanya, un canvi d'esquemes, una responsabilitat que no tindrà assumida. Interpretarà la seva independència com un càstig, com un canvi a pitjor, ja que abans ho trobava tot fet. No l'ajuda a valorar de manera real les coses.

Des de molt petit, el nen ha d'assumir petites responsabilitats d'acord amb la seva edat: saber que el pitet es deixa en un lloc determinat, que el xumet no es tira a terra, que es pot vestir sol i ha de fer-ho... encara que trigui el doble i tu et posis nerviosa. Òbviament, aquest és el camí més difícil —simplement perquè requereix més temps de dedicació i més paciència—, però segur que s'obtenen resultats millors.

Deixant-lo que faci el que vulgui, no l'estem estimant més, sinó fent punts perquè es converteixi en un nen capritxós. Li podeu ensenyar moltes coses, la més important de les quals és que per sentir-se satisfet cal esforçar-se. O això, o tenir un nen com en Marc. Sou vosaltres qui decidiu.

Com fer que obeeixi

No perdis temps. Actua immediatament; si no, el nen no sabrà per què el renyes. No esperis que tingui cinc anys perquè aprengui a respectar-te.

Ensenya'l. Al principi, a més de demanar-li les coses, fes-les amb ell.

Premia'l. Cada vegada que faci alguna cosa bé, incentiva el seu esforç.

No el subornis. Mai no li ofereixis un premi perquè deixi de fer alguna cosa que no t'agrada.

Sigues coherent. No li prometis, sota cap concepte, coses que després no compliràs.

Educa'l. Des de ben petitó, dóna-li responsabilitats d'acord amb la seva edat.

No cedeixis. Si després de l'aprenentatge no obeeix a la primera, no facis els ulls grossos.

- La coherència i la unificació de criteris entre el pare i la mare són fonamentals per guanyar-se el respecte dels fills. Aquest aspecte és molt important per a la seva formació, perquè els nens imiten els comportaments de la gent gran. Per tant, si els nens han vist que els seus pares s'han deixat dominar per ells, quan siguin grans no tindran cap pauta a seguir per fer-se respectar ells mateixos pels seus amics, per les parelles, etc., i tindran més d'una decepció.
- Mai no s'ha de prometre el que no es complirà. Si dius al teu fill que el portaràs al cinema si despara la taula, fes-ho! I si no, no ho diguis i promet-li alguna cosa que es correspongui més amb el seu esforç. En cas contrari, el nen se sentirà enganyat i deixarà de confiar en tu. No perdis credibilitat i compleix en tot moment la teva paraula; si no, corres el risc que el teu fill acabi fent el que li doni la gana.

- De la mateixa manera, el nen ha d'aprendre que el pare i la mare formen un front comú i que quan l'un diu una cosa, és inútil acudir a l'altre per convèncer-lo del contrari. Naturalment, no heu de discutir davant seu, perquè no sàpiga quins són els vostres punts febles. Els nens s'adonen de tot. D'aquesta manera, confiarà en els seus pares i aprendrà a respectar-los perquè sabrà que quan diuen una cosa, la compleixen. Creurà en vosaltres, i això li donarà confiança i seguretat. Aquesta és la base de la piràmide que estem construint. D'aquesta manera aconseguireu que, quan sigui gran i tingui algun problema, confiï en vosaltres i us demani consell.

La mare no hi és.
La seva primera independència

Encara que sigui molt petit, les seves emocions són molt intenses. Tot és nou per a ell i les seves reaccions són desproporcionades. Per això, els grans ens sorprenem quan ens organitzen un drama per una bestiesa.

Però hem de tenir clar que totes les novetats alteren els nens. És inevitable. La primera capbussada, el primer cop que es troben amb un animal o la primera vegada que pugen a un gronxador els sorprenen, perquè no són situacions habituals, i les seves reaccions poden ser de plor o d'estranyesa.

Això és el mateix que succeirà cada vegada que alterem els seus costums o rutines. Hi ha un canvi abismal entre la primera vegada que es queda amb l'àvia o la cangur i la primera vegada que va a la guarderia o a l'escola dels grans. La diferència està en el canvi d'entorn. Tot i que és veritat que els nens troben a faltar més les persones que els llocs, passar-se vuit hores fora de casa, fer la migdiada, menjar... totes aquestes novetats els produeixen un estrès immens.

Encara que el teu fill ja sàpiga parlar i que tu estiguis més tranquil·la, pensa que ell encara no sap ni identificar ni expressar el que sent. Les seves reaccions seran més subtils; senzillament, no podrà suportar passar tant de temps fora de casa. Sap que marxes, però no està gaire segur de si tornaràs. Estarà més inquiet, dormirà pitjor, i pot ser, fins i tot, que perdi la gana.

- **Ajuda'l a superar-ho: fes que se senti segur i no el traeixis. Sigues conseqüent: desaparèixer dissimuladament sense que el nen se n'adoni no és la millor solució. Perquè, en el moment que s'adoni que heu desaparegut, se sentirà abandonat i deixarà de confiar en vosaltres.**
- **Tot i que és més complicat, acostumar-lo als comiats durant aquests primers dies pot ser molt difícil i pot costar més, però a la llarga dóna millor resultat. El més important és que el nen aprengui a confiar en la paraula dels pares.**

Sovint, adaptar-se a la nova situació és tan traumàtic per als pares com per al nen. Sentir-lo plorar desconsoladament destrossa els nervis a qualsevol i pot ser la causa del fet que acabem cedint a la seva pressió, perquè, en el fons, ens encanta sentir-nos imprescindibles per al nostre fill. Però compte: és més llest del que ens pensem, i està provant la nostra capacitat de resistència. Podeu estar segurs que tan bon punt desaparegueu de la vista, el nen delectarà amb el seu millor somriure la iaia, la professora o la cangur.

Les dificultats que té per deslligar-se de la mare impliquen un cert sentiment d'inseguretat. Normalment, els nens amb un alt grau d'autoestima i seguretat en si mateixos són més independents i els costa menys iniciar un camí per separat. Aquesta característica també és habitual entre els germans grans en detriment dels petits. Els petits acostumen a estar més emmarats i els costa separar-se de la mama. Fins i tot quan són més grans i se'n van de campaments també la troben a faltar.

Hem de confiar en ells i ajudar-los a assolir aquell grau d'independència tan necessari per al seu bon desenvolupament emocional. Aquesta etapa no sembla, a primera vista, gaire transcendent en l'evolució del nen. I, en canvi, ho és. Els nens que no superen adequadament aquest procés poden tenir problemes més endavant, als 8 o 10 anys, quan la seva integració al món escolar els plantegi situacions en les quals les activitats pròpies de l'escola incloguin passar fora de casa dues o tres nits a causa de campionats esportius o deu o quinze en campaments d'estiu. Altres vegades, seran els mateixos amics qui generaran ocasions per anar a dormir a casa seva. Aquestes situacions posaran a prova el grau d'independència adquirit pel nen al llarg dels anys precedents.

Sembla impossible que pugui arribar a succeir que un nen s'estimi més perdre's una excursió amb els amics de l'escola per no voler-se separar dels seus pares o perquè li faci por passar una nit fora de casa. Això, però, és més freqüent del que sembla.

Coneguem el cas de l'Anna, una nena de 10 anys, molt espavilada, que sempre ha destacat a classe per les notes que treu per l'alt rendiment que té i per la seva responsabilitat, però que, en canvi, és incapaç d'allunyar-se dos quilòmetres de casa. Els seus pares han comprovat que és una qüestió de quilòmetres. L'Anna no té problemes per quedar-se a dormir a casa d'una amiga que també és veïna i viu a la mateixa illa de cases. En canvi, com més s'allunya físicament, més gran és el pànic que sent i es queda tan paralitzada que, quan arriba l'hora d'anar a dormir, no dubta a trucar al seu pare perquè la vagi a buscar. Aquesta situació li crea problemes d'acceptació entre els seus companys, que no entenen aquesta actitud, i a més li fa perdre's moltes activitats, tant lúdiques com formatives. El problema és que en realitat no li passa res, però sent enyorança, pensa en el que faran a casa seva mentre ella no hi és i que la seva germana petita ocuparà el seu lloc. És a dir, que sent gelosia, dificultat per independitzar-se. I necessitat de cridar l'atenció. Un error que comet de manera inconscient el pare és demanar-li que li truqui si no pot superar l'angoixa i, com Superman, vola a rescatar la seva nena. No li dóna l'oportunitat de superar-se i d'afrontar tota sola la situació.

El millor consell per a aquesta situació no és donar-li l'oportunitat de trucar, sinó dir-li que s'emporti uns sobres de valeriana i que se'ls prengui abans d'anar a dormir, i no donar-hi més importància. És el més normal del món i ja li passarà. Segurament, en aquest cas, el problema de la separació també el té el pare, el qual s'hauria de plantejar no intentar salvar-la de tot ni ser un superpapa, ja que això sovint és contraproduent.

Adaptació al ritme escolar. Problemes més freqüents, dislèxia, hiperactivitat, tics...

Ara ja va de debò. El nostre fill, en aquesta edat, ha de començar a fer deures, ha d'aprendre a concentrar-se, s'ha de portar bé a classe. Comença a tenir responsabilitats, a dur una agenda... Però no tots els nens s'adapten bé a la nova situació. N'hi ha a qui els ve com anell al dit: es posen les piles i estan disposats a donar el millor d'ells mateixos; en canvi, n'hi ha a qui els cau d'allò més malament haver d'obeir, tenir un horari, estar-se quiets a la cadira... L'única cosa que fan bé és revolucionar tota la classe, i el seu professor ja n'està d'ells fins al capdamunt. Què passa?

Poden passar coses molt diferents: des que el nen estigui passant un mal moment i necessiti cridar l'atenció fins que sigui un nen hiperactiu; des d'una dislèxia fins a la tartamudesa, passant pels tics.

En aquest primer contacte amb el món acadèmic, cal estar atents per tal de prevenir situacions sense importància que, si no hi posem la solució a temps, es poden convertir en problemes seriosos més endavant.

Signes d'alerta

- **Li costa moltíssim aprendre a llegir i escriure.** Confon lletres i números, els inverteix o els escriu en mirall, a pesar de la insistència i l'esforç amb què ho intenta.

- **Li resulta força difícil orientar-se en l'espai**, confon dreta i esquerra.
- **Li costa també orientar-se en el temps**, les seqüències temporals, l'ordre, distingir el que va al principi i el que va al final.
- **Té dificultats per complir ordres compostes**: «Vés a la cuina i porta-hi el got, i després deixa'l a la pica».
- **Es distreu amb molta facilitat**, i amb tot, en qualsevol circumstància. No es concentra ni veient la seva sèrie preferida de dibuixos animats.

Totes aquestes situacions les hem agrupat com a signes d'alerta, tot i que per si mateixes no volen dir res; però sí que hem d'estar-hi atents i controlar-ne l'evolució. No tots els nens tenen el mateix ritme d'aprenentatge, però si detectem uns quants d'aquests signes d'alerta, no seria cap mala idea consultar-ho amb un especialista, psicòleg o psicopedagog, encara que només sigui per descartar qualsevol dificultat o, en el cas que n'hi hagués, posar-hi remei al més aviat possible.

El límit per començar a actuar se situa al voltant dels 5 anys. Òbviament, es tracta d'una actuació a nivell preventiu i, precisament per això, és molt aconsellable, ja que evitarà que la situació es compliqui, que el nostre fill perdi el ritme d'aprenentatge escolar i ens calgui recórrer a reeducacions molt difícils.

Com descobrir si hi ha algun problema i què podem fer per ajudar-lo

- **Problemes de lectoescriptura.** En el moment que a un nen li costa llegir i escriure, hem de posar fil a l'agulla i descobrir què s'amaga al darrere d'aquesta dificultat. Una de les alteracions més freqüents és la dislèxia, però, compte, no l'hem de confondre amb els errors típics del procés d'aprenentatge.

- **Falsa alarma.** Tots els nens, quan estan aprenent, poden confondre la dreta amb l'esquerra, la *p* amb la *q* i la *b* amb la *d*. Inverteixen alguns números i sovint, si són esquerrans, escriuen en mirall. Aquests errors no volen dir res per si mateixos; formen part d'un procés d'assaig/error que van superant de manera gradual. Els hem de donar un marge, no tots els nens aprenen a llegir amb la mateixa rapidesa.
- **La dislèxia** consisteix en un retard de dos anys en l'aprenentatge de la lectoescriptura respecte del que correspondria per l'edat, i que no afecta les altres àrees. Són nens especialment brillants en matemàtiques i solen ser esquerrans. Sovint, la dislèxia es confon amb problemes de lateralitat.
- **Pla d'acció.** Aquestes alteracions, tot i que tenen solució, mai no es restabliran com una habilitat destacada en ells. Però sí que es poden solucionar, a través d'una reeducació multisensorial; la més coneguda és l'Orton-Gillnigham. Al mateix temps, cal fomentar, amb petits trucs, l'autoestima. Els ha de quedar clar que no són totxos, que destaquen en altres àrees i que aquesta dificultat la superaran amb l'ajuda pertinent, igual que un miop quan li posen ulleres.

Einstein era dislèxic. Aquestes alteracions solen ser hereditàries. Les pateixen més els nens que les nenes i més els esquerrans que els dretans. Actualment, la llei permet que aquests nens duguin a terme exàmens orals en comptes d'escrits.

- **Parla malament. Té problemes per pronunciar algunes lletres.** El parlar papissot és normal fins als 5 anys. Aquesta edat, com podrem comprovar, és el punt d'inflexió de molts aspectes en el desenvolupament del nen. Les dificultats o el retard en l'aparició del llenguatge són deguts, en la majoria dels casos, a problemes tan senzills com un tap de cera o una otitis, que impedeixen que el nen tingui una audició correcta i, per tant, que no pugui imitar correctament alguns sons; o com el fet de tenir el paladar mal format o, simplement, ser el primogènit i estar envoltat d'adults. En aquest últim cas, els grans estan a disposició del nen només que aquest aixequi la mà; abans i tot que intenti articular una paraula, ja li han donat el que volia.

• **Falsa alarma.** Els veritables problemes són els quequejos o els bloquejos en què el nen és incapaç de pronunciar ni una paraula. Sovint s'hi amaguen veritables problemes, que ocasionen al nen un grau molt elevat d'ansietat.

• **Pla d'acció.** Un cop s'ha descartat la causa fisiològica o d'ansietat (en aquests casos s'hauria de buscar, mitjançant teràpia psicològica, l'origen del problema per solucionar-lo), la resta de les situacions es poden solucionar de manera satisfactòria amb l'ajut d'un logopeda. Unes quantes sessions, i el nen dirà sense parpellejar «supercalifragilisticoespialidós». D'altra banda, com a pares, li hem de donar suport, proporcionar-li seguretat i, sobretot, evitar que faci el pallasso i aconsegueixi ser el centre d'atenció amb la seva peculiar manera de parlar, o no riure quan parli com un nen petit o utilitzi onomatopeies. No l'heu de sobreprotegir, però tampoc no l'heu de pressionar quan no li surt bé. Paciència! Se'n sortirà.

• **Nens hiperactius.** No és el mateix tenir un nen mogudet que un d'hiperactiu, tot i que la majoria de la gent tendeix a confondre-ho.

• **Falsa alarma.** Fes la prova: observa'l quan estigui fent la seva activitat preferida, com ara mirar la televisió, jugar amb videojocs... Si en aquests moments ni tan sols no parpelleja, tens un nen mogudet, però no és hiperactiu. Hi ha molts falsos hiperactius, a causa d'un excés d'activitats i d'una manca d'hores de son, ja que l'organisme se sobreexcita per mantenir-se alerta. Hem de tenir en compte que un nen, des dels tres anys, edat en què deixa de fer la migdiada, fins que entra en l'adolescència, que és el seu període de creixement, hauria de dormir al voltant d'11 hores de son nocturn. Actualment, a causa del ritme frenètic de la nostra societat, això és gairebé inviable. Però, tot i així, ho hauríem d'intentar. Sovint, unes bones hores de son ho curen tot. El son, aquestes 11 hores de què parlem, és el responsable que el nostre fill sigui capaç de mantenir l'atenció a l'escola, que es trobi relaxat i en plena forma, que el seu caràcter sigui amistós i tranquil i que, a més, creixi molt. Per què li calen tantes hores de son?, us deveu preguntar. Senzillament, perquè durant les diferents fases del son nocturn passen moltes coses al cervell, i també al cos. Tot seguit, n'expliquem les més destacables:

– El son representa el descans del nostre sistema físic perquè pugui rendir al 100 %.

– Durant la fase de son REM, la més coneguda, el nostre cervell guarda a la memòria del seu «disc dur» tot el que hem après durant el dia. Per això, si ens passem la nit en vetlla estudiant un examen, l'endemà ens podem quedar en blanc.

– Se sincronitzen totes les funcions hormonals, entre elles, les emocions. Si no dormim prou, estem més irritables i agressius.

– I, naturalment, les hores de més que han de dormir els nens respecte dels adults serveixen per créixer molt i bé. És quan l'organisme es regenera i produeix noves cèl·lules. Tots tenim presents els efectes devastadors de la manca de son en la memòria, en els reflexos o en l'estat d'ànim quan algun dia dormim poc o el nen es desperta tres o quatre cops durant la nit. Ara, imaginem els mateixos efectes en un nen.

Els nens pateixen la manca de son, com a mínim, quatre cops més que els grans. Així doncs, un bon consell: poseu-li un límit a l'hora d'anar a dormir; tots en sortireu beneficiats.

• **Pla d'acció.** Si hem descartat totes les alternatives i realment l'activitat motriu del nostre fill és exagerada i li impedeix concentrar-se, cosa que afecta el seu rendiment escolar, cal posar-se en mans d'un especialista. És possible, fins i tot, que li calgui medicació per atenuar-ne els símptomes. Ens hem d'armar de paciència i no perdre de vista que ell no ho fa expressament. En alguns casos, també es recomana que els pares segueixin unes pautes d'actuació, que us ajudaran molt.

No en feu una muntanya! Churchill, Leonardo da Vinci i Bill Clinton van ser nens hiperactius.

- **Els tics.** Alguns nens tenen una tendència molt marcada a fer moviments involuntaris i rituals. Tenen tics, s'escuren la gola, acluquen els ulls, fan ganyotes...
- **Falsa alarma.** Si desapareixen tal com vénen i són intermitents, no t'amoïnis; són molt freqüents en els nens a partir dels 6 anys. Normalment, són descàrregues motores inconscients provocades per un excés d'ansietat. Solen aparèixer en moments de grans canvis, quan comencen a estudiar i quan travessen l'adolescència, sobretot en nens tímids als quals els costa parlar dels seus sentiments.
- **Pla d'acció.** El tic sol ser un símptoma que alguna cosa no va bé; per tant, hauríem de buscar-ne la causa. Mentrestant, és aconsellable fer com si no us n'adonéssiu. Si li repeteixes constantment que no ho faci, l'alarmaràs, ja que en la majoria dels casos no n'és conscient. Els tics són més freqüents en els nens que en les nenes.

Ensenya-li a concentrar-se

Encara que tots naixem amb l'habilitat de concentrar-nos, es requereix un procés d'aprenentatge per saber-ho fer. D'aquesta manera, l'ajudaràs a aconseguir-ho:

• Destinar-li un espai acollidor, amb la llum adequada i sense sorolls excessius perquè pugui fer els deures de gust i es pugui concentrar.

• Evitar les interrupcions: telèfons, televisió.

• Col·laborar amb ell en comptes de controlar-lo; no li estiguis constantment a sobre, i exigint-li que t'ensenyi l'agenda. Espera que sigui ell qui et demani ajuda.

• Cal donar bon exemple. Proposa-li treballar plegats, perquè no li costi posar-s'hi. Si tu estàs fent una altra cosa, li costa més.

• Compartir tasques: tu el pots ajudar amb el diccionari mentre ell es concentra en la redacció.

• Ajudar a estimular la seva atenció amb jocs d'observació perquè s'acostumi a fixar-se en els detalls i després els sàpiga relacionar entre si.

La capacitat de concentrar-se està íntimament lligada al fet de saber fixar l'atenció. Per aquest motiu, encara que no ho sàpigues, ajudes el teu fill sempre que fas que es fixi en els objectes i les imatges que l'envolten. El primer indici d'atenció es produeix quan encara no té tres mesos i li parlem mirant-li als ulls perquè ens respongui amb un somriure. Per això, cal tenir en compte que desenvolupar l'habilitat per concentrar-se de ben petit accelera i facilita els aprenentatges posteriors.

Estratègies per fomentar la capacitat de concentració

Ensenya-li a escoltar. Explica-li contes, tant llegits com inventats, i mira d'atreure la seva atenció. Deixa que t'interrompi i et pregunti coses. Encoratjar la seva iniciativa i curiositat és bàsic.

Entrena'l perquè sigui observador. Podeu començar jugant al «veig, veig» i anar-ho complicant. Per exemple, quan surti de casa d'un amiguet, aconsegueix, a partir de qualsevol excusa, que te la descrigui. O pregunta, mentre aneu amb cotxe: «Qui s'ha fixat en el color de les sabates del veí?».

Juga als detectius. Aquest és un bon sistema per desenvolupar la seva capacitat deductiva. Introdueix-lo en el món dels escacs, així aprendrà a predir quins seran els moviments del contrari. És una gran gimnàstica mental.

La música és una gran aliada. Aprendre cançons, tant la lletra com la música, és un bon exercici. Ha d'estar molt atent per, de cop i volta, completar una part muda. D'aquesta manera, es treballa també la rapidesa de reflexos.

Proposa-li exercicis de visualització. Aquests exercicis es fan amb els ulls tancats i serveixen per treballar la imaginació.

Papitis i mamitis. El complex d'Èdip i el complex d'Electra

Pels volts dels 5 anys, s'acostuma a detectar un fenomen d'enamorament del progenitor de sexe contrari. Sigmund Freud, el pare de la psicoanàlisi, ho va batejar com a complex d'Èdip i complex d'Electra, respectivament, segons si és el nen o la nena qui l'experimenta. Agafant el mite grec d'Èdip Rei, el qual, sense saber-ho, va matar el seu pare i es va casar amb la seva mare, Freud va elaborar una complexa teoria amb fortes connotacions sexuals, revolucionària en aquella època, a principis del segle XIX. En els nostres dies, molts dels aspectes que s'hi descriuen han quedat obsolets; tanmateix, les actituds liberals també presenten problemes, ja que una tolerància exagerada també és perjudicial per al desenvolupament psicològic del nen. La premsa es va fer ressò d'una notícia sobre una mare que donava el pit a un nen de 8 anys, a voluntat seva, i d'un altre cas verídic d'una mare que va a consultar amb el psicòleg si és normal que el seu fill de 5 anys utilitzés el pit de la mare com a xumet per adormir-se. Es tracta de dues situacions extremes en què no s'ha tallat el cordó umbilical i en les quals es generen conflictes psicològics.

En qualsevol cas, no tots els nens travessen necessàriament aquesta etapa. Segons com sigui de forta, passarà desapercebuda o no. Hi ha nens en qui no s'arriba a notar, i altres que travessen aquesta fase com si fos una mena de turbulència. És molt comú sentir dir a un nen d'aquesta edat que quan sigui gran es casarà amb la seva mare. De vegades simplement tenen curiositat i, en advertir les diferències físiques existents, volen comprovar-les, tocar-les: «Mare, et puc tocar el pit?». Les conductes d'aquest tipus són normals en aquesta edat, però tant el pare com la mare tenen el dret de posar límits a la conducta dels fills en el moment que se superi el llindar de la curiositat i es generi una situació incòmoda.

Aquest és el cas de la Marina, una nena de quatre anys i mig que porta la seva mare, la Mayte, de corcoll. Ella no aconsegueix entendre per què el seu marit li roba tot el protagonisme davant la nena, i s'ha creat una situació de complicitat entre el pare i la filla, de la qual ella confessa que està una mica engelosida. Ens explica, molt afectada, com el seu marit sempre defensa la Marina quan ella la renya, i com la seva filla sempre el prefereix a ell. La Mayte està cansada d'aquesta situació i veu frustrades les seves il·lusions com a mare. Diu que fins i tot quan la nena està malalta crida el pare.

El cas de la Marina és un cas molt extrem de complex d'Electra o «papitis», però és força més freqüent del que imaginem. Encara ho és més el cas contrari: la mare «enamorada» del seu fill i a la inversa. Aquestes situacions, si es porten amb normalitat, se superen sense gaires dificultats. És normal que a una mare li «caigui la bava» pel seu fill, i que el pare amanyagui excessivament la nineta dels seus ulls, però sota cap concepte no hem de deixar que aquesta nova relació de predilecció ens absorbeixi fins al punt d'apartar la nostra parella del nou binomi.

L'error més gran és començar a abaixar els límits. Deixem que vinguin a dormir al nostre llit quan un dels dos no hi és o, fins i tot, quan fan una mica de comèdia, i anem apartant la nostra parella... fins i tot del llit conjugal. Això pot començar com un joc, però pot destruir la nostra relació amorosa o descobrir algun problema amagat. Hem d'evitar que el nostre fill usurpi el lloc que correspon al pare, a la taula i al llit, i no hem de cedir a tots els seus capritxos.

Aquesta situació sovint s'accentua en casos de separació, en els quals, perquè la mare no se senti sola o per tal que el nen no pateixi, li deixem que dormi al nostre llit i la situació acaba convertint-se en una rutina difícil de controlar. Està bé que quan el nen estigui malalt o sigui un dia excepcional vingui a dormir al llit dels pares, però no és adequat quan ho fa per norma i els pares ho accepten, sigui perquè estan cansats i els fa mandra aixecar-se i tornar a dur el nen al seu llit o bé perquè no li donen importància. Però, com en tots els temes educatius, cal mirar a llarg termini les conseqüències que aquest tipus de conductes poden tenir en l'àmbit afectiu del nen.

Patir «papitis» o «mamitis» pot generar un patró incorrecte si no se supera convenientment. No cal fer res d'especial, senzillament s'han de posar unes pautes molt clares i uns límits ben establerts: cadascú té el seu lloc per dormir i per menjar, i s'ha de respectar. Donar temps, parlar amb la parella i donar-se suport mútuament perquè el nen o la nena vagin trobant el seu lloc. Si ens genera massa angoixa, com és el cas que hem explicat, la nena ho percep i ho fa servir per generar competitivitat entre els pares per tal de ser el centre d'atenció.

Els primers amiguets. La sociabilitat

Aquesta és l'etapa en què la sociabilitat i l'establiment de les primeres relacions interpersonals adquireixen una importància primordial.

Des dels seus primers dies de parc o de guarderia, en què pràcticament no interactuen, fins a aquest inici de les seves primeres amistats, no ha passat tant de temps, però el nen sí que ha canviat. L'establiment d'aquestes relacions és molt diferent entre nens i nenes. En aquest període acostuma a haver-hi poques interrelacions mixtes, ja que el joc està molt diferenciat: per regla general, els nens actuen i les nenes parlen. Els tipus de joc característics dels nens són aquells en què intervé una pilota, corren, salten, juguen amb cotxes o amb construccions. Però gairebé no parlen: quan dos nens s'ajunten per jugar són capaços d'estar-se una hora sense dir-se ni una paraula, entretinguts amb la pilota, cosa absolutament impensable entre nenes. Elles parlen i parlen, i s'inventen tota mena de jocs simbòlics, tot i que a elles també els agraden l'esport, les cordes, etc. Aquestes diferències fan que els conflictes siguin formalment diferents. Ells mostren l'enuig donant empentes o puntades de peu, ficant-se en una baralla, i elles es retiren l'amistat: «Ja no t'estic amiga», i organitzen un petit complot perquè les altres nenes tampoc no siguin les amigues de la rival. En aquests preliminars, cap als començaments d'una relació d'amistat, es confonen diversos sentiments: la companyonia, el fet de compartir unes vivències comunes, l'admiració, caure's simpàtics o antipàtics, i en un tres i no res ja són amics. Cal ajudar-los a expressar els sentiments i a definir els seus amics i a saber per què es troben a gust amb ells. Aquestes petites reflexions els ajudaran a identificar i elaborar el concepte d'amistat.

L'amistat implica: reciprocitat, bona sintonia, compenetració, compartir gustos i aficions i ajudar-se mútuament. No és fàcil, i no hem de caure en la temptació d'ajudar-los a escollir o seleccionar prèviament els amics en funció de si a nosaltres ens cauen bé els seus pares. Cal ajudar-los perquè siguin ells qui decideixin i elaborin el seu propi criteri. Quan veiem que el nostre fill té fixació per un nen i que és perjudicial per a ell, en comptes de prohibir-li que hi jugui o que el convidi, hem d'intentar que quedi en evidència davant seu, perquè sigui ell mateix qui se n'adoni.

Les seves primeres relacions amb altres nens sovint donen lloc a situacions conflictives.

• Planteja't com a meta que el teu fill aprengui a resoldre tot sol els conflictes. Deixa que s'exerciti en situacions inofensives.

• Si el protegeixes massa i saltes per defensar-lo davant el més petit problema, fomentes que depengui de tu. Ha de tenir ocasió de provar els seus propis recursos i guanyar confiança en ells mateixos. És important que el teu fill entengui que l'ideal és defensar-se sense haver de recórrer a la violència. En el cas contrari, si és ell qui comença sempre, si no tolera que es burlin d'ell o és massa susceptible, ens està demostrant sense voler el seu punt feble: la inseguretat. Necessita, com l'aire que respira, que li fomentis l'autoestima; si el castigues constantment, se sentirà més insegur i aprendrà a defensar-se atacant. A casa, podeu assajar plegats alternatives i maneres d'afrontar situacions conflictives, com fer mitja volta i deixar sol el nen que l'ha ofès, negar-li el que reclama o contestar «No m'importa el que diguis».

• Junts, davant del televisor o d'un llibre, podeu comentar les situacions en què cal defensar-se i quines són les maneres correctes de fer-ho. Fes servir els seus personatges preferits.

Els amics donen l'oportunitat al teu fill d'assajar les seves habilitats emocionals i d'incorporar-se al món social. Aprenen a jugar en equip, a respectar els torns, a expressar els seus sentiments o afinitats i a compartir-los.

També sorgeixen per primera vegada sentiments contraposats: és el seu millor amic, però alhora l'empipa que jugui a futbol millor que ell; admira una amigueta perquè és molt maca i en canvi ella es troba horrible. Són mostres d'incipients pensaments d'enveja que hem de desterrar dels seus caparrons.

Quan un nen és fill únic, els amics adquireixen una rellevància especial, ja que supleixen el paper dels germans. I, tot i que està acostumat a estar sol, és més independent i més selectiu, i li cal el contacte amb altres nens de la seva edat per compensar la responsabilitat que suposa ser l'únic centre d'atenció dels pares. Quan no existeix la competència amb altres germans i un nen creix instal·lat en el seu tron de «rei de la casa», és bo conèixer un seguit de detalls per evitar que faci mal ús dels seus privilegis.

Objectius de la sociabilitat

Desterra l'egoisme innat del nen. Ha d'aprendre que no és el centre del món i que no pot anteposar les seves necessitats a les dels altres. Per aconseguir-ho, és important que els pares li marquem els límits. No hem d'estar sempre a la seva disposició.

Evita que es converteixi en un adult prematur. Un nen sense contacte amb altres nens de la seva edat, cosins, germans o amics, aprèn a imitar els adults que l'envolten. Sovint, tractem el fill gran o el fill únic com si fos un adult més i, encara que sigui bon nen i molt responsable, no deixa de ser un nen. No el carreguis amb responsabilitats excessives.

Fuig de l'excessiva dependència. Una tasca molt important i potser la més difícil pel que fa a l'educació d'un fill és preparar-lo perquè sigui independent. Per fomentar-ho, no hi ha res millor que la guarderia i les activitats extraescolars. Cal animar-lo perquè realitzi activitats per si mateix.

Reforça la seva autoestima. El fet de tenir una pauta comparativa i acostumar-lo a col·laborar amb altres nens de la seva edat és un ajut inestimable per construir una forta autoestima.

No l'aviciïs massa.... Hi ha el perill que es converteixi en un petit tirà, capritxós i prepotent. L'hem d'ajudar a integrar-se en el grup de la seva classe i que s'esforci per col·laborar, cooperar i fer-se estimar. Ensenya-li que el que a ell no li agrada que li facin, no ho faci ell tampoc als seus amics.

Diferents comportaments dels fills únics o amb germans

	Fill únic	**Amb més germans**
Obediència	**És menys desobedient**	**Acostuma a ser més entremaliat**
Interessos	**Imita els pares**	**L'ajuda a desenvolupar els seus propis interessos**
Confidències	**Ho explica tot als pares**	**Tot i les rivalitats, aprèn a confiar en els germans**
Amics seus	**En té pocs i ben triats**	**És molt amic dels amics i en té molts**

Créixer amb germans... i sense rivalitats. La primera gelosia

Créixer entre germans és una experiència molt positiva per a qualsevol nen, però aconseguir que entre els nens s'estableixi un vincle d'amor fraternal no sempre resulta una tasca fàcil per als pares.

Avantatges de tenir germans

- Quan hi ha germans, el nen té companys de joc i còmplices per a les petites trapelleries. A mesura que els germans van creixent, es converteixen en confidents. La convivència i la intimitat creen entre ells un vincle que va molt més enllà de la simple amistat i, paral·lelament, les inevitables baralles serveixen per saber-se defensar davant els altres nens. Són com un petit entrenament. Aprenen a compartir tant l'afecte dels pares com la seva habitació o la roba.

Els inconvenients

- La gelosia, la competitivitat, les baralles... i més estrès a l'hora de cuidar-los. Compaginar l'atenció personalitzada de cadascun dels teus fills amb la feina i la parella és una tasca complicada.

• Quan un no està malalt, l'altre es trenca una cama.

• És més difícil «col·locar-los» quan vols fer una escapada romàntica amb la teva parella. Tant els amics i els germans com els avis accepten sense problemes que els deixis un nen, però tres ja és una cosa que es pensen molt bé.

• Necessiteu una infraestructura més gran a casa. Cada fill fa una activitat extraescolar diferent, cal portar-los-hi i anar-los a buscar. L'un va a la guarderia i l'altre a l'escola. Hi ha moments en què no es tenen prou braços.

• Tanmateix, és veritat que tot aquest enrenou té la seva compensació. Els fills us omplen de satisfacció, d'orgull... i de petits problemes.

Prepara'ls perquè siguin bons amics. Redueix la competitivitat; cada fill és únic i irrepetible... No els comparis.

Quan hi ha diversos germans, és inevitable que sorgeixin situacions conflictives. Les baralles solen ser freqüents, ja que són necessàries per delimitar l'espai de cadascun. Formen part de la relació normal entre ells. Els nens es barallen perquè és divertit, però sovint el que comença com un joc sol acabar malament.

La pregunta és: quan hem d'intervenir? Gairebé tots els pares es pregunten si s'han de ficar enmig d'una disputa entre germans o si és millor que ells sols aprenguin a resoldre els seus conflictes. L'objectiu ha de ser que aprenguin a solucionar els problemes sense necessitat de la mediació d'un adult... i justament aquesta és la clau de la qüestió.

Es tracta d'un aprenentatge i, com a tal, hem d'establir unes pautes perquè puguin seguir-les. Segurament, si els deixem al seu aire, es pegaran, s'estiraran els cabells i sempre sortirà perdent un dels germans, que no necessàriament ha de ser sempre el petit, de vegades és el més fort, o el que pica més. Sovint, hi ha un germà que sap com manegar-s'ho per sortir-ne sempre indemne i que... se les carregui el gran!

Compte amb les injustícies! És el que toleren pitjor i el que els genera més ràbia. Intenta ser equànime.

Cal castigar de la mateixa manera qui pega, qui insulta, qui ha començat i qui ha continuat. Davant d'una situació d'aquest tipus, cal separar-los i aïllar-los perquè reflexionin, es calmin i després es demanin perdó. És important que s'adonin que el que aconsegueixen amb aquesta actitud moltes vegades és trencar la joguina objecte de la disputa i, a més, es passen la tarda avorrits i separats. Hem d'aconseguir que aprenguin que a les bones s'aconsegueixen moltes més coses que a les males.

Normes bàsiques entre germans

• No s'han de pegar. Cal inculcar-los que no s'ha de pegar a ningú, i molt menys a un germà. Després, un sempre se'n penedeix. I quan arriben a les mans, tots han de ser castigats, tant el que es defensa com el que ataca. Perquè si un no vol, dos no es barallen.

• No s'ha d'insultar. S'han de buscar paraules alternatives per descarregar la ràbia, i un germà s'ha de tractar sempre amb el màxim respecte.

És més que un amic, perquè, a més dels jocs i mitja vida, s'hi comparteix quelcom de vital importància per a un nen: els pares.

• Primer cal pensar i després actuar. Cal ensenyar-los a ser reflexius i fer-los adonar que les baralles són negatives, tant per a qui comença com per a qui continua. Si pensen les conseqüències del que estan a punt de fer, s'estalvien molts problemes.

• Parlant, la gent s'entén. El diàleg és la nostra millor arma per solucionar qualsevol conflicte de manera positiva.

• S'ha de pactar. Establiu torns equitatius per a tot i ensenyeu-los a fer pactes per endavant. És millor prevenir una baralla abans que es produeixi.

Posem un exemple. La Núria té dos fills molt seguits, de 6 i 4 anys, en Xavier i l'Ignasi. Ara, fa una temporada que gairebé cada dia es barallen per tot: per veure qui serà el primer de prémer el botó de l'ascensor, per seure al costat del pare en arribar a casa, per triar la pel·lícula de vídeo... S'ha establert una relació de competitivitat tremenda entre en Xavier i l'Ignasi. En algunes coses, en Xavier s'aprofita del fet que és més alt i l'Ignasi no hi arriba. I en unes altres, l'Ignasi guanya a en Xavier. Les empipades són tremendes, i la Núria ja no sap què fer, perquè quan un no s'enfada, és l'altre qui es tira per terra plorant.

La solució per a aquesta situació ha passat per establir uns torns, amb l'ajut d'un calendari i uns colors. A en Xavier li ha tocat el verd i a l'Ignasi, el groc. Dilluns, dimecres i divendres s'han pintat de color verd i dimarts, dijous i dissabtes, de color groc. D'aquesta manera, cadascun sap quin és el seu dia, el dia que li toca ser el primer. S'han acabat les baralles, hi ha normes... i diumenge es descansa.

MANUAL D'INSTRUCCIONS

El problema	*Correcte*	*Incorrecte*
Baralles	**Si després d'uns minuts continua la discussió, separem els nens i els enviem a diferents habitacions**	**Preguntar qui ha començat i fer de jutge**
Espiades	**Hem de dir al nen que només volem que ens avisi si un dels germans pren mal i necessita ajuda**	**Escoltar les seves tafaneries; si ho fem, el nen s'acostuma a cridar l'atenció així**
Nens rebels	**Quan es mostren desafiadors i rondinaires, ens estan enviant un missatge en clau: els cal més atenció**	**Enfadar-nos, castigar-los contínuament o passar menys temps amb ells**
El gran vol ser un nadó	**Té gelosia del germà petit. Cal que estiguem pendents d'ell i valorar-lo molt pel que és i pel que sap. Feu-lo partícip**	**Ridiculitzar la seva manera d'actuar i fer-li més cas a ell i deixar de banda el bebè en la seva presència**

Quan hi ha diversos fills, és obvi que els hem d'estimar igual, però també és important tractar-los de manera diferent segons el lloc que ocupen: gran, mitjà, petit. A cadascun li corresponen unes responsabilitats i uns privilegis, i la missió dels pares és equilibrar la balança emocional de manera que cap d'ells no se senti discriminat. En definitiva, es tracta de donar-los el mateix amor, però un tracte diferent, ja que cadascun té diferents necessitats. Cal aconseguir que se sentin tots igual d'estimats, orgullosos de la seva situació i comprensius amb els seus germans.

Com varia la personalitat dels germans segons el lloc que ocupen a la família?

• **Primogènit.** És el primer, el que obre camí, amb qui els pares aprenen a ser-ne.

Característiques: És més lluitador, independent i poc afectuós.

Avantatges: Privilegis especials, llibertat més gran, horaris més flexibles, menys protecció. Té un nivell d'autoestima més gran.

Inconvenients: Sol estar molt engelosit dels petits i sol tenir massa obligacions.

Com tractar-lo: No hem de pretendre que es faci gran abans d'hora. Feu-li veure els avantatges de ser el gran. És el primer que s'incorpora a les activitats familiars. No penseu que, com que és el gran, no necessita que l'amanyagueu. Ell també ho necessita.

• **Mitjà.** Sempre navega entre dues aigües; no té ni els privilegis del gran ni les atencions del petit. I s'ha d'espavilar per aconseguir cridar l'atenció dels pares.

Característiques: Viu, murri, manipulador.

Avantatges: Cap, amb relació als seus germans. Simplement, passa desapercebut.

Inconvenients: Enveja de les llibertats del gran i de les manyagues del petit, desorientació, traumes. Lluita per destacar i sovint no ho aconsegueix o queda anul·lat pels altres germans.

Com tractar-lo: Amb paciència, amb un plus d'afecte i dedicant-li temps, fent que se senti únic, especial i important.

• **Petit.** És l'últim d'arribar i desperta totes les expectatives familiars. Se li troben totes les gràcies i sol ser un nen molt desitjat.

Característiques: És molt afectuós i poc emprenedor.

Avantatges: És el centre d'atenció de tota la família, amb moltes menys responsabilitats i gaudeix de la protecció dels germans grans.

Inconvenients: La sobreprotecció.

Com tractar-lo: No donant-li tot fet, evitant l'excés de moixaines i ajudant-lo a tolerar les frustracions.

El nostre fill és únic i incomparable, centre de totes les nostres atencions... fins que n'arriben altres. És aleshores quan, equivocadament, ens entestem a tractar-lo d'igual a igual. No té res a veure que els estimem tots igual, ni que els castiguem de la mateixa manera, quan potser l'un és més sensible que l'altre i el càstig l'afecta el doble que al seu germà. Per ser justos, els hauries de conèixer i valorar per ells mateixos, i no donar-los exactament el mateix tracte. Pot ser que un s'hagi esforçat moltíssim i només hagi tret un aprovat i l'altre, sense matar-s'hi, hagi tret un notable. Les recompenses s'han d'ajustar més a l'esforç realitzat que no pas al resultat obtingut.

Cada fill té unes habilitats característiques i, a més, són diferents pel simple fet d'haver nascut abans o després que els altres i, encara que els estimem a tots igual, hem d'aconseguir que acceptin amb normalitat les diferències que els vénen donades per la seva posició dins la línia de descendència. Perquè, no hem de negar-ho, aquestes diferències existeixen. De fet, la condició de gran, mitjà o petit interfereix considerablement en la formació del caràcter i condiciona de manera evident la personalitat del nen.

Com més gran sigui la diferència d'edat entre ells, i si, a més, són del mateix sexe, més gran és la possibilitat que sorgeixin enveges, disputes i comparacions. En general, el gran sentirà enveja de les atencions que dispensem al petit, el mitjà no sabrà ben bé quin és el seu lloc i el petit s'enfadarà perquè no li deixem fer les coses que consentim als seus germans.

Per això, perquè cadascun té la seva pròpia problemàtica, els hem de donar un tracte personalitzat. No és fàcil, però sí necessari, donar a cadascun el que necessita perquè tots se sentin feliços. Tots han de patir frustracions i gaudir de recompenses d'acord amb el seu rang i, el que és més important, han de ser capaços d'acceptar tant les unes com les altres. Han d'aprendre a respectar l'aniversari de cadascun. A ningú no se li acudirà fer regals a tots perquè no tinguin gelosia, oi? Cadascun té el seu dia i, quan li toca, els altres han d'aprendre a compartir l'alegria del germà.

És molt important aprendre a diferenciar els nostres fills, valorar-los individualment i evitar d'establir comparacions entre ells. Hem d'intentar ometre frases del tipus: «Mira que n'ets, de curt. Sort que el teu germà és més llest». En realitat, la paraula «ets» hauria de quedar esborrada del vocabulari dels pares. És millor dir «Això que has fet no està bé» que no pas «Ets dolent». Podem danyar seriosament l'autoestima del nen si contínuament l'assetgem amb frases del tipus «Ets dolent», «Ets lleig», «Ets ximple», i molt més, si en dir-ho el comparem amb els seus germans.

Hem de ser coherents, aquesta és una de les regles del nostre mètode. Molts pares, per Nadal o per Reis compren joguines iguals. Aquest any toquen les bicicletes i cadascun rep la seva. L'any següent, són els patins en línia... i així successivament. I no s'aturen a pensar que els seus fills tenen edats i gustos diferents i que, respectant-los, estem sent més justos que no regalant-los una cosa que a un l'entusiasma i a l'altre no li fa ni fred ni calor. A més, la igualtat després no es generalitza a altres camps, perquè, per exemple, al petit se li tolera que dormi al llit dels pares i als altres no. Com s'entén?

Fem diferències amb segons quines coses, però no hi ha un barem equànime. La realitat és que tots els nostres fills, tinguin o no tinguin germans, haurien de dormir en els seus llits respectius, menjar en les seves cadires respectives i rebre els regals que corresponguin a la seva edat i als seus gustos particulars. Han d'aprendre a respectar-se en les seves diferències i a compartir el que és de tots, assumint que cadascun ocupa un lloc dins la família, que ve assignat pel naixement, i que, per tant, depèn de l'atzar. Aprendre a acceptar les coses tal com vénen des de petits és fonamental per a una bona inserció social quan siguin grans, i els pares han de ser els principals promotors d'aquest desenvolupament equilibrat.

Privilegis del gran

Els primogènits són els que obren camí, els que paguen la inexperiència dels pares, els que aprenen amb ells, els que han de lluitar per tot perquè ningú no ho ha fet abans. Els que vénen al darrere ho tenen tot mastegat. Per aquest motiu, solen ser més lluitadors i independents. A tots els germans grans els toca vigilar els petits, acompanyar-los a l'escola, anar a comprar el pa, etc.

Per això, els pares, considerant els inconvenients que comporta el seu paper, hem de pensar en la manera de compensar-los amb algun privilegi que estigui prohibit als altres fills. No estaria malament deixar-los veure alguna pel·lícula que els seus germans encara no poden veure o donar-los una propina. Petites coses que els facin sentir-se reconeguts.

Molt de compte, però, en el terreny afectiu. Massa vegades cometem l'error d'exigir molt al gran i sobreprotegir els petits, oblidant que, encara que sigui gran, continua sent un nen, i necessita igualment la seva quota de moixaines i d'afecte. Si no, pot presentar conductes d'imitació dels seus germans fent-se el petit —regressions— com a resposta a la necessitat d'afecte. No vulguem fer-lo créixer massa ràpidament.

Atenció al mitjà!

El mitjà sol ser més problemàtic i, generalment, el més perjudicat en el repartiment afectiu. Mai no ha estat el gran, i és el petit per poc temps. No gaudeix de les posicions dels altres, i està molt engelosit tant del gran com del petit. Se sent descol·locat, sense un paper clar i avantatjós dins l'estructura familiar. Per a ell, és un trauma no arribar mai a superar el gran ni ser estimat com el petit. Per això, els germans mitjans solen ser més espavilats i manipuladors en el seu afany de cridar l'atenció, de fer-se veure.

Cal estar una mica més per ells, tenir paciència i donar-los com més afecte millor. És molt pedagògic recordar-lo, i ressaltar els aspectes positius de la seva personalitat i fer-lo sentir important. Se li pot dir: «Com que el teu germà és el gran, que es quedi vigilant el petit mentre tu véns amb mi i m'ajudes a fer un encàrrec important, d'acord?». Aquest seria un exemple de com tractar-lo i fer-lo sentir especial.

No malcriïs el petit

Els petits acostumen a ser els més manyacs de tots i també els més mandrosos. Ells sols, sense fer res d'especial, ja són el centre de totes les atencions i acaparen la major part de les festes tant dels pares com dels avis i els oncles. Aquest és el seu gran avantatge, però de vegades també és el seu màxim inconvenient. La sobreprotecció és preferible a la manca d'afecte, però cap extrem no és bo.

Cal despertar en el fill petit la capacitat d'acceptar les frustracions. Si plora perquè els seus germans grans se'n van al parc d'atraccions amb el pare i ell es queda a casa, li hem de fer veure que ell té l'avantatge, per exemple, de quedar-se a casa quan els seus germans s'han de llevar d'hora per anar a l'escola.

Alguna cosa no va bé. Com detectar si el nostre fill està patint, amb motiu o sense

No hem d'oblidar que la seva percepció de la realitat no acostuma a coincidir amb la mateixa realitat. Ells veuen les coses a la seva manera i, de vegades, sense voler, els fem passar un mal tràngol. Com a norma general, els signes o símptomes psicosomàtics són els que ens donen la pista que alguna cosa no va bé. Qualsevol canvi de conducta pot ser una pista. Per exemple, un nen golafre, de cop i volta, perd la gana, o un de restret es passa ara el dia amb diarrea i el pediatre no aconsegueix descobrir-ne la causa. En Xavier mai no havia tingut un escapament nocturn de pipí i ara no hi ha cap nit que es desperti sec. O la Maria, una nena que no havia suspès mai, ara té un rendiment escolar molt baix.

Els nens encara no han après a exterioritzar els seus sentiments, i encara menys a verbalitzar-los. Podríem dir que ni ells mateixos no saben què els passa. Però el cert és que en algunes circumstàncies, com ara separacions, canvis d'escola, de cangur, naixement de germanets, ho passen molt malament, i cadascun ho viu d'una manera diferent segons la seva sensibilitat i el seu caràcter.

El que és clar és que, mentre tot el que passi al seu voltant no afecti les seves funcions fisiològiques —menjar, dormir, control d'esfínters—, tot va bé. Si succeís al contrari, ens trobaríem davant una regressió psicològica. S'aplica aquest terme quan el nostre fill de cop i volta comença a adoptar conductes pròpies de nens més petits; és a dir, se li escapa el pipí, té malsons, no té gana... Hi ha un canvi evident. Això vol dir que hi ha alguna cosa que l'està afectant en el pla emocional, se sent insegur dels seus afectes, desprotegit, dubta que l'estimin; en resum, ho està passant molt malament, i això es posa de manifest a nivell físic.

Un altre dels estats típics d'aquesta situació són les pors i l'ansietat que es produeixen en els menuts. L'angoixa davant la separació de la mare, el rebuig d'anar a l'escola o la veritable fòbia a anar a la guarderia que alguns nens desenvolupen són normals fins a un cert punt.

Convé saber quan ens hem de preocupar realment. Tres pistes

- **La freqüència amb què el nen s'angoixa.** És normal que succeeixi en el moment de deixar-lo a l'escola, però no si li passa diverses vegades al llarg del dia.
- **El temps que li dura.** No tots els nens reaccionen igual, i el temps de durada varia d'un nen a un altre. Tanmateix, no s'ha d'allargar més enllà d'algunes setmanes.
- **La intensitat de l'angoixa.** El límit preocupant d'aquesta ansietat es traspassa quan es tradueix a nivell fisiològic (vòmits, mal de cap, mal de panxa...) sense cap causa orgànica.

Com pots reconèixer en el nen un estat d'ansietat

Símptomes psicosomàtics	***Trastorns associats***
Vòmits	**Por de la foscor**
Mal de panxa	**Trastorns del son, malsons**
Mal de cap	**No li agraden els grups de gent**
Nerviosisme, irritabilitat	**Por d'enfrontar-se amb els altres**

QUADRE DE REACCIONS: NENS DE 3-6 ANYS

Nom: ____

ESTÍMUL		REACCIÓ FILL
• 1r dia de guarderia		
• 1a imitació de la mare		
• 1a gelosia		
• 1r mal de panxa = nervis		
• 1es pors		

____________________ Edat:__________________

VALORACIÓ + / –	REACCIÓ PARES	VALORACIÓ + / –

Quan es dóna un d'aquests simptomes aïllat, no vol dir gaire cosa més que una reacció normal davant una situació que encara no controlen. En canvi, quan es donen tres símptomes junts, sí que hi hem d'intervenir. És important prendre nota d'aquests canvis en les nostres taules de reaccions per comprovar com el nostre fill es va adaptant a les noves situacions.

Ajuda'm, pare!

Els nens ansiosos busquen la protecció dels pares davant les situacions noves. Amb tot l'afecte i sense que se sentin abandonats, cal mirar de fomentar la seva independència. Hi ha nens que tendeixen més a l'ansietat i altres a la timidesa, però en tots dos casos és de vital importància l'actitud dels pares. L'ansietat s'hereta, però també s'encomana; per tant, no expresseu les vostres pors en veu alta: amb les seves, ja en tindrà prou. La vostra tasca és aconseguir que aquesta part del seu caràcter no el faci patir.

Com trencar la cadena

Els pares tenen un paper determinant en la majoria de les reaccions dels fills. I algunes actituds educatives extremes és millor que siguin moderades. En el terme mitjà trobarem el millor camí per ajudar el nostre fill. Encara que la majoria de les vegades es tracta d'actituds inconscients —és a dir, que els pares no fan amb cap intenció—, el nen, en canvi, interpreta que sí que ho fan amb alguna intenció.

Pares protectors	Pares superexigents
Sobreprotegeixen el fill. Li donen permís indiscriminat per a tot	Tenen unes expectatives desmesurades dipositades en el nen Ho volen tot perfecte
Conseqüències	
Li transmeten por i inseguretat en ell mateix	Li provoquen por al fracàs i no respon com s'espera d'ell
Actituds positives	
Donar més autonomia al nen	Respectar el caràcter del nen, pensar que ha de tenir unes responsabilitats d'acord amb la seva edat

La reacció dels pares davant d'aquest tipus de situació ha de ser de serenitat i de seguretat. Perquè el vostre fill pugui travessar aquesta etapa amb èxit, heu de ser al seu costat, confiant que agafat a la vostra mà superarà les pors que té. És important que li transmetem la comprensió de les seves pors i també la seguretat que les podrà controlar sense problemes. Ja que, perquè una cosa que ens produeix ansietat deixi de fer-ho, cal viure-la, cal passar-hi per comprendre que no ocorre res.

Deu consells pràctics perquè superi l'ansietat

1. *L'ajudareu si us té a prop.* Davant d'una situació nova o davant de coses que no ha vist mai, com per exemple un animal, heu de mantenir el contacte físic amb ell, agafant-lo de la mà o a coll.

2. *Sigueu sincers.* Us heu d'acomiadar clarament del vostre fill, encara que sapigueu que farà un escàndol. Si desapareixeu sense dir-li adéu, se sentirà desemparat. Els comiats han de ser curts, ja que si s'allarguen massa són contraproduents.

3. *Inspeccioneu el terreny junts.* Visitar amb ell l'escola o el lloc on anirà de colònies abans que s'hi trobi sol és una bona idea, perquè a ell l'ajudarà pensar «Aquí hi vaig ser amb els pares», i s'hi situarà millor.

4. *Deixeu-lo que s'emporti la seva joguina preferida.* Endur-se un nino o un cotxe a la cartera pot fer que no li costi tant esforç anar a escola. Dur alguna cosa seva de casa el fa sentir-se més proper i més segur.

5. *Fomenteu la seva independència.* És fonamental que el vostre fill es vagi sentint a poc a poc més segur. Així doncs, cal deixar que investigui i es vagi atrevint a fer coses noves. Mentrestant, el podeu vigilar a distància, sense intervenir.

6. *Procureu que tingui amb ell alguna cosa coneguda.* Quan el canviem d'entorn, anem a un hotel o el deixem a dormir a casa dels avis, es pot endur el seu llum, el seu coixí o un mocador mullat amb la colònia familiar... Petits amulets amb els quals sentirà que està en contacte amb el seu entorn familiar.

7. *Expliqueu-li el costat bo de les coses.* Sempre en el seu nivell de llenguatge, mireu d'ensenyar-li el costat positiu de les coses. Per exemple, abans d'una visita al pediatre digueu-li: «Farà que et posis bo i no et farà mal». D'aquesta manera, li esteu donant referents.

8. *Sigueu ferms, però aprengueu a cedir. Encara més difícil.* Negocia amb ell per dissipar les seves pors. Si no suporta que-

dar-se sol, proposa-li una espera de tres minuts sense tu i compleix-ho. A poc a poc, podràs anar augmentant el temps d'espera perquè ell confiarà en tu i sabrà que no passa res.

9. *No l'enganyeu ni feu coses a esquena d'ell.* Aquest tipus de situacions li genera molta ansietat. El fet de sentir-se enganyat té un missatge subliminal molt perjudicial per al nen, ja que ell interpreta: «Com que els teus pares creiem que ets babau, et prenem el pèl».

10. *Deixeu-lo participar.* D'aquesta manera, s'implica i passa a formar part de la família i de les decisions del grup.

TERCERA PART

Nens dels 6 als 12 anys

El raonament és la base. Cal arribar a acords

El teu nen ja no és tan nen, entra en una fase en la qual el pensament té un paper preponderant. Gairebé li pots parlar de tu a tu, però sense oblidar que continua sent un nen. Hi ha moments de gran estabilitat, des dels 6 fins als 10 anys, i moments de grans canvis, des dels 10 fins als 12. La transició ens pot passar desapercebuda si no estem alerta i, encara que sembli que ja ho hem aconseguit, encara ens queda molt camí per fer i molts maons per anar posant.

Negocia la seva independència emocional

El teu fill ja pensa de manera semblant als adults i demana explicacions per tot. Aviat us adonareu que el vostre mocoset no es conforma amb les mateixes explicacions d'abans i comença a reivindicar els seus drets i a comparar-se amb els seus germans: «Per què a ell li deixes fer-ho i a mi no?», «Tots els nens ho fan!».

Aparentment, sembla que controlem més la situació perquè ara els enfrontaments entre pares i fills ja no es basen en els plors i les rebequeries, sinó en irades discussions dialèctiques. Ja no els pots enredar amb un «després... espera't un moment»; abans se n'oblidaven, però ara et cronometren. Es passen el dia esperant que fiquis la pota... Per tirar-t'ho per la cara: «Ho veus?, m'havies dit que... i no ho has complert». En aquest moment, la coherència és vital i imprescindible.

Un exemple típic d'aquesta edat. Un pare diu al seu fill «Vesteix-te, que marxem», i quan són a punt de sortir, apareix el nen perfectament vestit, però descalç. El pare s'enfada: «Com és que encara no t'has vestit!». I el nen respon: «Sí que m'he vestit, pare». «Però què dius, si vas descalç», contesta el pare. I vet aquí la irònica resposta del fill: «Sí, pare, estic vestit. El que no estic és calçat, perquè tu no m'ho has dit». Una resposta que desarma qualsevol. Què se n'ha fet, de l'angelet obedient d'abans? Doncs simplement que s'ha fet gran i ha après a utilitzar el seu potencial intel·lectual.

A aquesta edat, els encanta fer servir els seus recursos intel·lectuals per treure'ns de polleguera, de manera intencionada. El nostre nen ja ha deixat de ser un nadó i comença a mostrar-nos la seva pròpia manera de fer les coses. Ja té prou recursos, tant emocionals com intel·lectuals, per enfrontar-se a nosaltres, gairebé d'igual a igual. Ja no li valen les ordres, demana raonaments; però, compte, en aquesta edat en què comencem a gaudir i a compartir coses amb ells, no podem relaxar-nos.

L'autoconfiança del nen no sorgeix per art de màgia. L'actitud dels pares tindrà molt a veure amb la seva capacitat per independitzar-se. Per a un nen a partir de 6 anys, ser independent vol dir arriscar-se, provar, investigar i gaudir dels descobriments sense haver d'estar pendent de complaure els adults que el cuiden. Contràriament, obligar-lo a buscar l'aprovació del pare i de la mare en cada instant, li impedeix desenvolupar les seves capacitats, la seva creativitat i el seu particular sentit del món que l'envolta.

Deixar que s'inventi els seus propis camins és molt bo per al nen, tot i que això no vol dir que tingui «carta blanca» per fer totes les entremaliadures que se li acudeixin, per molta gràcia que ens faci. Acceptar que el vostre fill s'està fent gran i es va independitzant de vosaltres no vol dir que l'hàgiu d'empènyer a saltar-se etapes. No s'ha de córrer, cada cosa al seu temps. Encara sereu durant un quant temps el seu punt de referència, i els seus desitjos d'independència es barrejaran amb una forta necessitat que estigueu presents i de rebre manifestacions d'afecte, encara que no les demanin i, en públic, sembli que les rebutgin.

Tot el que va descobrint al món exterior, petits problemes amb els amics, ajut en els estudis... ho confronta amb les vostres opinions. I sovint repeteix les vostres mateixes paraules quan parla amb els seus amics. Encara no té gaires idees pròpies, i aquestes les va creant, agafant una mica d'aquí i una mica d'allà. És tan important mantenir-se al seu costat sense aclaparar-lo com deixar-lo volar a poc a poc, perquè vagi tenint les seves pròpies experiències, la seva intimitat, els seus amics i el seu temps per anar assimilant tot el que descobreix. Per part dels pares, cal evitar caure en l'error de preguntar-ho tot, però és important ser-hi quan ell arriba, perquè us pugui explicar i compartir les seves vivències.

El que cal fer

- Observa els canvis i els progressos del teu fill en funció del seu creixement.
- Parla amb ell.
- Confia en les seves possibilitats i recursos per resoldre problemes d'acord amb la seva edat.
- Participa en les seves experiències.
- Lloa els seus descobriments.
- Deixa que faci les coses a la seva manera.
- Sigues un mirall positiu en el qual es pugui mirar i sentir-se satisfet.
- Demostra-li que l'estimes incondicionalment i que estàs orgullós d'ell.

Taula d'incentius: Nens de 6-12 anys

Dies del mes / setmanes

Objectius de comportament	1a	2a	3a	4
Col·laborar en tasques de la casa (assignar-li dif.)				
Responsabilitzar-se dels seus objectes personals				
Ocupar-se de la higiene personal (dif. aspectes)				
No enfadar-se				
Aprendre a controlar la llengua (no replicar)				
Reflexionar abans d'actuar				
Endreçar l'habitació				
Ser puntual				
Complir les seves obligacions				

5a	6a	7a	8a	9a	10a

• Estimula'l perquè provi coses noves sense por de córrer riscos.

El que cal evitar

• Enfadar-te amb el teu fill quan t'explica alguna cosa que no t'agrada, perquè deixarà de confiar en tu i poden aparèixer les mentides.

• Comparar-lo amb amics o amb membres de la família.

• Fer-li tu les coses que pot fer ell tot sol.

• Impedir que expressi els seus desitjos.

• Prohibir-li que pregunti «Per què?».

• Decidir qui seran els seus amics.

• Tractar-lo com un ésser parcial o no tenir en compte les seves opinions perquè és petit.

• No donar-li opcions perquè resolgui les coses per si mateix.

Cal marcar-li uns objectius adequats a la seva edat, segons la taula adjunta de les dues pàgines precedents.

Una actitud relaxada i amorosa, acceptant el nen tal com és, és sempre la millor alternativa perquè creixi a la seva pròpia velocitat. De tota manera, en aquesta edat els pares poden adoptar tres postures diferents respecte al nen, en funció de les quals es determinarà en gran mesura el seu grau d'independència.

Actitud cauta. Els pares intenten evitar-li qualsevol situació perillosa i veuen perills pertot arreu. A poc a poc, li van tallant les ales per por que li passi alguna cosa. Aquesta actitud té dos inconvenients; en primer lloc, es transmet al nen i li crea inseguretat i falta de confiança en l'entorn; i en segon lloc, de manera subliminal se li està enviant un missatge de manca de confiança en els seus propis recursos.

Actitud sobreprotectora. Protegir excessivament el teu fill no vol dir tenir-ne cura o estimar-lo més. Aquest excés de zel acostuma a ser una càrrega per al nen, sovint massa feixuga. I el que aconseguim és que inhibeixi els seus impulsos i es tanqui en ell mateix. Per sociabilitzar-se i interessar-se pel món exterior, és necessari estar tranquil amb un mateix. Si observes que el teu fill té expectatives i objectius massa petits per a la seva edat, potser estàs interferint massa en el seu desenvolupament. Intenta deixar-li via lliure i observa com reacciona. Segurament, rebrà aquesta nova actitud com una alenada d'aire fresc.

Actitud ansiosa. L'ansietat que senten els pares no sempre es manifesta de la mateixa manera. De vegades, es pot tractar d'actituds com ara no reconèixer els mèrits del nen, el seu esforç per aconseguir el que desitja o bé exigir-li la perfecció en tot el que fa. En altres casos, l'ansietat pot estar disfressada de competitivitat. Ha de ser més intel·ligent, més llest i més ràpid que els altres nens. Cal tenir en compte que tot això el nen ho percep clarament i que li resulta angoixant.

Les primeres mentides

Solen aparèixer quan els nens comencen a dominar el llenguatge. Sorgeixen primer com una confusió entre la realitat i la fantasia quan són molt petits i ens sorprenen explicant-nos extraordinàries històries inventades com si fossin reals. Fins aquí, tot va bé.

Per considerar-les mentides, hi ha d'haver una intencionalitat conscient que s'està fent una cosa malament expressament. Però això no sorgeix fins que els fills són una mica grans, i ho hem de distingir d'altres situacions força freqüents que, en la majoria dels casos, provoquen els adults.

Vegem una situació d'aquest tipus. L'Imma, la mare de la Laia, està desesperada perquè té pressa i no troba el seu fulard preferit. Sense pensar-s'ho dues vegades, decideix increpar la seva filla de la següent manera: «Laia, ¿m'has amagat el fulard?», «Si me l'has amagat, te'n guanyaràs una de bona!», «El necessito ara mateix. Busca'l!». Davant d'aquesta situació, la Laia, que acaba de fer 7 anys, espantada de veure la mare tan enfadada, nega categòricament que sàpiga res del fulard. En realitat, s'ha passat la tarda jugant a disfressar-se de mama amb el fulard en qüestió i, sense voler, li ha caigut rere el llit. Com més s'enfada la mare —«Digue'm la veritat!», li crida molt enfadada—, més es bloqueja la nena i, paralitzada, només nega amb el cap.

Aquesta reacció és completament normal; és l'instint de supervivència que la impulsa de manera inconscient a evitar una situació conflictiva.

Si l'Imma, en comptes de perdre els papers a causa d'una circumstància de pressió externa, manté la calma i, amb el seu millor somriure, li proposa a la Laia un joc: «Apa, maca, anem a jugar a Busquem el Tresor i qui trobi el fulard que ha perdut la mare tindrà un premi», la reacció de la nena serà aleshores córrer a buscar el fulard on ella sap que ha caigut i, en dos minuts, la mare haurà recuperat el fulard i el somriure sense haver perdut els nervis. La nena estarà encantada, esperant la seva recompensa, i haurà après que, col·laborant i amb una actitud positiva, tot surt millor. Aquesta és una petita astúcia amb la qual es pot comprovar com, si dones la volta a la situació i ofereixes als nens l'oportunitat d'actuar en positiu, ells l'atrapen al vol.

Què passa si ens hem saltat aquesta fase i ens trobem amb un nen, ja més gran, que té entre 10 i 12 anys, amb una facilitat sorprenent per enredar-te i explicar-te una cosa per una altra, carregant-li el mort a un altre?

Hi ha nens que, per rutina, s'acostumen a mentir. Intenten donar una imatge del que no són i se l'acaben creient. L'inconvenient d'aquest comportament és que una mentida duu a una altra i, al final, la bola que s'ha generat és tan grossa que resulta fàcil ficar la pota. Així doncs, el nen està permanentment en estat d'alerta i juga amb la complicitat dels amics i dels germans, que li fan de tapadora.

El problema sol sorgir per una incapacitat d'acceptar la realitat i per la por de les conseqüències de les seves pròpies accions: «Com que sé que la mare no em deixarà anar a tal lloc, no l'hi dic i ho faig». I, mentre no se n'assabenti, no passa res.

L'actitud més pedagògica en aquest cas consisteix a sorprendre'l si sospiteu que us està enganyant i que ha fet alguna malifeta a esquena vostra. Manteniu una conversa entre vosaltres, els pares, a la vostra habitació, però amb la porta entreoberta, com si volguéssiu que no us sentís, però assegurant-vos que ho farà. «A tu què et sembla? Jo crec que ja és hora que deixem que en Carles vagi tot sol a aquell lloc; s'està portant molt bé i és un noi molt assenyat.» «Sí, em sembla fantàstic. S'ho mereix.» Quan us senti, en Carles es quedarà estupefacte i s'adonarà de la ximpleria que ha fet de no ser sincer amb vosaltres. Quan vegi que els pares confien en ell, intentarà corregir la conducta i confiarà en vosaltres, tot canviant la seva manera de pensar. Molt sovint, accions indirectes d'aquest tipus tenen efectes sorprenents sobre comportaments difícils d'abordar directament.

- **Mantén la calma i dóna la volta a la situació, així s'obtenen resultats millors. La consigna és «El bon rotllo genera bon rotllo».**
- **Els crits, les enrabiades, les amenaces i els càstigs, normalment, generen reaccions de por i evitació.**

Deures, esports i temps lliure... L'hem de deixar escollir?

Aquesta ja és una edat en què comencen a escollir i a tenir els seus propis gustos. Us donen la llauna amb les típiques frases de «No vull anar a l'escola», «Em vull quedar a casa», etc. Una de les decisions més importants en aquest període és l'elecció de l'escola adequada per als nostres fills.

A l'edat de 6 anys deixen el parvulari i comencen l'escolaritat obligatòria. Els nens passen moltes hores a l'escola i, per tant, ha de ser una decisió ben reflexionada, ja que, a més dels continguts, aprenen també les formes.

Els punts bàsics que cal tenir en compte són:

- Personalitat del nen i trajectòria familiar.
- Tipus de pedagogia: tradicional o moderna.
- Llengües: bilingüe o monolingüe.
- Laica o religiosa.
- Privada, concertada o pública.
- Desplaçaments: a prop o lluny de casa.

El nen s'ha de sentir a gust a l'escola, i aquesta ha de ser una continuïtat de l'entorn on viu amb la família. Tots els pares volem el millor per als nostres fills i hem d'intentar compatibilitzar el seu desenvolupament integral.

Una bona educació acadèmica no ha d'estar en contradicció

amb una bona formació humana. Ens hem de plantejar la següent pregunta: és incompatible la felicitat amb la competitivitat? Un nen competitiu es caracteritza per un alt nivell de coneixements i una ambició desmesurada; valora per damunt de tot els triomfs materials; el seu objectiu és ser millor i més important que els altres, sense importar-li com ho aconsegueixi. En canvi, un nen feliç és aquell en qui destaca una intel·ligència emocional elevada, amb una alta valoració de les relacions interpersonals, i que intentarà treballar en alguna cosa que li permeti fer compatibles els seus gustos o aficions amb les seves capacitats intel·lectuals, amb l'objectiu de sentir-se orgullós de si mateix. Depenent de l'escola que triem, fomentarem un model o l'altre, i dependrà de la família que es compensin per educar el nen dins l'equilibri i l'harmonia. Els extrems sempre són perjudicials. Cal intentar combinar la sana competitivitat amb objectius personals d'autosatisfacció per generar una felicitat que no depengui de criteris externs.

És important que l'ambient escolar on el nen s'ha de desenvolupar s'acosti al màxim possible a la seva realitat social i familiar, ja que, si no és així, li costarà molt adaptar-se i rendir al màxim de les seves capacitats. Alguns pares decideixen enviar els seus fills a escoles que no tenen res a veure amb ells per donar-los la millor formació, i això, sovint, té l'efecte contrari. Els nens entre 6 i 12 anys l'única cosa que volen és ser iguals que els seus companys i no destacar en res, ni per dalt ni per baix, per poder-se integrar al grup. Per a ells, és molt important ser un més i sentir-se acceptat. I això és difícil quan un és massa diferent. Per exemple: en Christian va a una escola anglesa, però a casa seva no parla anglès ningú i la seva cultura és autòctona. A més, ha de travessar tota la ciutat per anar-hi, i per tant, és complicat que els seus amics vinguin a jugar a casa. La majoria dels alumnes són estrangers i la seva llengua materna és l'anglès. Això li crea moltes dificultats, perquè ell se sent diferent i li costa anar a l'escola. Així doncs, tot i les bones intencions dels pares, potser aquest tipus d'escola no és el més adequat per a ell. Passaria el mateix si, sent a casa no practicants, el portessin a una escola religiosa.

Així doncs, el criteri bàsic davant d'aquest tipus de situacions ha de ser el de la coherència.

A mesura que els fills van creixent, les seves opinions es van fent més vehements, no estan d'acord amb les nostres decisions pel que fa als seus estudis o activitats, i volen imposar la seva voluntat.

Òbviament, cal tenir en compte la seva opinió, però fins a un cert límit. Hi ha un seguit de coses que fan no per passar-s'ho bé, sinó per aprendre, i que, per tant, són innegociables, per exemple, l'anglès, l'escola... i altres en què podem ser una mica més flexibles, com ara el tennis, el piano, el futbol, el dibuix... No és bo ni que ho decideixin tot ells, perquè encara no estan preparats per fer-ho, ni que els imposem les nostres aficions, ja que es tracta de personalitats diferents i a ells els agrada un altre tipus de coses.

En aquesta etapa, hem de descartar les nostres estratègies anteriors; ara, ja no serveix de res despistar. Els nostres fills exigeixen una explicació raonada de cada cosa i s'imposen els PACTES.

Però, compte!, ara ell o ella et pot aixecar la camisa fàcilment, per la qual cosa és necessari anticipar-se a les seves peticions. Amb això, el que us volem proposar és que els pares tingueu reunions clandestines per planificar les vostres accions conjuntes. En aquest moment, és de vital importància una actuació coordinada. No tot ha de ser imposar el vostre punt de vista, però sí que heu de tenir clars quins són els punts en què no cedireu i en quins sí.

Com a referència, les prioritats no s'han de basar en la superficialitat. No val la pena barallar-se amb un fill de 10 anys perquè es vulgui vestir d'una manera determinada entre setmana, sempre que els caps de setmana respecti la indumentària que vosaltres li digueu. Sí, en canvi, que val la pena discutir pel que fa, el que diu i el que estudia.

Posem per exemple l'Anna: té 9 anys i és el segon hivern que fa anglès extraescolar. En començar el curs, es va trobar que uns quants dels nens amb qui anava l'any anterior ho havien deixat, i va començar a posar entrebancs: «No aprenem res», «El profe és una llauna», «No hi vull anar»... La seva mare, la Carlota, comença a flaquejar. Sondeja l'opinió d'alguns pares i no sap què fer: si cedir als precs de la filla perquè pensa que si hi va a contracor no aprofitarà el curs i costa molts diners, o mantenir-se ferma, perquè pensa que, amb tota seguretat, la nena s'està deixant portar pels amics i que encara és massa petita per saber què li convé. Davant aquesta disjuntiva, haurem de valorar la importància de l'activitat en el futur del nen. Si els pares pensen que l'anglès és necessari per a la seva formació, s'hauran de mantenir ferms. En el cas que no li donin importància o el dilema es plantegi amb una activitat lúdica o esportiva, podríem fer cas dels precs del nen. Tampoc no és necessari que practiquin qualsevol esport o activitat (natació, futbol, bàsquet, ballet) com si fossin professionals si ells no hi van de gust.

La feina d'observació dels pares pot ser d'una gran utilitat a l'hora d'ajudar el nen a decidir tant pel que fa a les activitats extraescolars com pel que fa als hobbies. La tendència natural del nen és bàsica perquè l'activitat desenvolupada doni fruit. Si al nen l'entusiasma el que fa, té molts més punts per dedicar-s'hi més i, per tant, per fer-ho millor. Això serveix tant per als esports com per a qualsevol disciplina artística o escolar.

A aquesta edat, la motivació és fonamental. No podem entestar-nos que la nena toqui el piano si a ella no li interessa gens ni mica, encara que tingui talent. O que el nostre fill primogènit toqui el violí perquè el seu avi n'hi va regalar un quan era petit. Sovint, són més importants els gustos i les aficions motivacionals que no pas les habilitats del nen perquè aquest desenvolupi l'activitat que hagi triat amb èxit. Amb això volem dir que ens podem trobar amb un nen baixet a qui apassiona el bàsquet i, en contra d'opinions i tòpics, s'entossudeixi a aconseguir el seu objectiu. El seu interès i la seva constància poden suplir les dificultats o la manca d'aptituds físiques i pot arribar a ser molt bo en una disciplina en la qual, d'entrada, ho tenia ben malament. Un altre cas seria una nena sense aptituds per al cant, però amb un gran entusiasme per aprendre tècniques de vocalització i per la interpretació, que arribi a ser una gran cantant d'òpera pel grau d'emoció que transmet al públic i per la seva depurada tècnica, obtinguda a còpia d'esforç i de perseverança.

El paper dels pares no és fàcil en aquesta etapa, perquè les seves directrius ja no tenen el protagonisme total, els fills comencen a volar les coses tots sols, ja són independents i ens poden sorprendre amb les seves inclinacions i amb nous objectius. Comencen a tenir clar el que els agrada i el que no i comença a ser difícil dissuadir-los o fer-los canviar d'opinió. En aquesta etapa, es comencen a prendre decisions importants, i l'estudi comença a adquirir rellevància i a treure temps a les aficions.

Es plantegen situacions difícils. El nen comença a competir, a prendre's seriosament i, per tant, a dedicar més temps a coses que fins ara només eren un entreteniment. O, al contrari, deixa enrere algunes aficions o interessos per dedicar tot el seu temps als estudis. A aquesta situació s'hi arriba pels volts dels 12 anys, quan inicia els estudis secundaris i comença a destacar en alguna activitat extraescolar. Pot ser el tennis, el futbol, el piano, la música, la pintura, la gimnàstica o la natació.

Són decisions que canviaran completament la vida del vostre fill, i són, per tant, arriscades. Hi ha dues opcions bàsiques: no arriscar-se i seguir el camí tradicional, el dels estudis convencionals, o bé tirar-se a la piscina i donar suport al nen en la seva elecció. Òbviament, això últim no es pot fer de qualsevol manera, perquè el vostre fill us necessita més que mai. Necessita el vostre criteri imparcial, el vostre suport moral, la vostra perspectiva i, sobretot, el vostre coneixement de les característiques i la personalitat del nen per fer un bon pronòstic.

Un dels problemes més habituals, en aquesta edat, a l'hora d'enfrontar-se amb estudis en què cal fer un esforç més gran, és l'ansietat. ¿Quants nens es bloquegen quan el professor els pregunta davant la classe, i quants n'hi ha que quequegen, tot i que segurament saben la pregunta? ¿És normal en una prova escrita que una cosa que el nen se sap de memòria, a causa dels nervis, l'oblidi i es quedi en blanc? Al darrere d'aquestes situacions es troba l'ansietat, aquell sentiment que sorgeix de la inseguretat i que sovint ens fa males passades.

Els nens són els últims a adonar-se del que els passa, ells no saben identificar aquesta nova sensació, i són els pares els encarregats de descobrir-la i de posar-hi remei. Davant aquestes situacions, ens hem de mossegar la llengua i evitar de fer comentaris davant el nen. Ni comparar-lo, ni compadir-lo: «És clar, com que és tan tímid, pobret», o bé «El seu germà gran sí que és intel·ligent».

El bloqueig emocional, és a dir, quedar-se en blanc, pot estar motivat per tres causes:

- Manca de control emocional
- Por d'equivocar-se.
- Manca de seguretat en ells mateixos

La manera d'actuar serà sensiblement diferent segons la causa. No obstant això, existeix una línia pedagògica bàsica que consisteix a ensenyar-los a controlar l'ansietat. En la majoria dels casos, les situacions noves provoquen nerviosisme, i normalment en els nens d'aquesta edat se somatitza de manera visible. Els símptomes són evidents: els suen les mans, es tornen vermells, tenen ganes d'anar al lavabo constantment, etc. Les solucions passen per ensenyar-los a:

- Relaxar-se amb exercicis de respiració.
- Controlar la respiració de manera pausada per frenar el nerviosisme i els símptomes externs.
- Concentrar-se en el que els estan preguntant, no en el que no saben.
- Utilitzar el cervell: que aprenguin a pensar, encara que no sàpiguen el que se'ls pregunta, de manera que ho puguin relacionar amb alguna cosa coneguda, i sota cap concepte deixar la pregunta en blanc o no contestar.

Cal arriscar-se: si raona la resposta, encara que se l'estigui inventant, algun punt bé que aconseguirà. La consigna és evitar el zero. I, sobretot, contenir la seva ansietat. Quan el nen es posa nerviós, els pares hem de treure ferro a la qüestió i donar-li suport confiant plenament en ell. Un exemple típic per il·lustrar aquestes situacions seria el del pare que pregunta la lliçó al fill i aquest es queda en blanc. Té un examen l'endemà i són les vuit del vespre. És natural que el pare es posi nerviós. Però és necessària una tàctica més subtil que la de sermonejar-lo o renyar-lo perquè a aquesta hora encara no s'ho ha après: «Apa, segur que t'ho saps, intenta explicar-m'ho amb les teves pròpies paraules, i no com ho diu el llibre», «Tranquil, que ara mateix t'ajudo i veuràs com en un moment ho tenim tot controlat», «A mi també em passava el mateix quan tenia un examen». Amb aquest tipus de frases i una actitud conciliadora és més fàcil motivar el fill. Sense adonar-te'n, estàs transmetent al nen el missatge de confiança en les seves possibilitats, i fas que el nen agafi ànims davant d'aquesta petita dificultat i s'hi enfronti sense por.

Aquesta seria l'actitud general per afrontar aquest tipus de problemes escolars: ajudar-lo a superar-los confiant en les seves possibilitats.

Què passa amb la realitat virtual? Per què s'hi enganxen hores i hores? Criteris que hem de seguir

El perill primordial de la realitat virtual és l'«aprenentatge vicari» que duu associat. Aquest terme, encunyat pels psicòlegs americans Bandura i Walters, explica l'aprenentatge per imitació dels models que apareixen a la pantalla. Després de molts estudis, van concloure que aquest tipus d'aprenentatge es dóna quan:

- Coincideixen l'edat, el sexe i les condicions del nen i del protagonista.
- Existeix una relació entre la situació real i la fictícia.
- L'acció representada i observada triomfa i no és castigada.
- I depenent del grau de susceptibilitat o identificació de l'observador.

Si controlem de manera adequada el que els nostres fills veuen, a què juguen o per on naveguen a Internet, ha de ser sense que se n'adonin, d'una manera no repressiva, sinó dissuasiva.

El nostre objectiu seria aconseguir que siguin ells mateixos els que siguin capaços de regular les seves aficions. Què passa si els prohibim jugar o veure la televisió? Simplement que, pel fet d'estar prohibits, convertim aquests elements en objectes de desig sense voler-ho. En canvi, l'autosaturació ens pot ajudar.

Els jocs d'ordinador o de consola els enganxen, però també els saturen. És possible que, quan sigui una novetat per a ell, el nen no sigui capaç de controlar la seva afició. Però, en comptes de prohibir-la-hi, li hem d'oferir alternatives més divertides que facin que se n'oblidi. Jocs de taula, esports, portar amics a casa, organitzar excursions. Totes les coses cansen, i no hem de tenir por que se'n facin addictes. Cap nen no s'ha enganxat mai als dònuts, però si els prohibissin, segurament es passarien el dia pensant a menjar-se'n un. Tot té el seu costat bo i el seu costat dolent.

Si sabem com utilitzar-la, la tele ens pot servir sovint com a eina educativa. La regla d'or és limitar-ne l'ús: l'exposició excessiva no és bona per al nen, tant des del punt de vista físic (fatiga visual, immobilitat, postures incorrectes, etc.) com mental (sobrecàrrega d'informació no assimilable), i cal evitar que se'n vagi tard al llit per culpa dels programes de televisió, ja que això li pot provocar trastorns del son.

- És millor no veure un programa que veure'l incomplet. Val més enregistrar-lo i veure'l el cap de setmana.
- Cal intentar no veure la televisió a l'hora dels àpats o quan la família està reunida.
- S'ha d'intentar veure la televisió plegats per poder comentar el que els fills no comprenguin i controlar els anuncis, que sovint s'intercalen sense gaire criteri.
- Cal escollir els programes o les pel·lícules en funció tant de l'edat com de les circumstàncies emocionals. A un nen que acaba de perdre el pare no li poseu, per exemple, *El rei lleó*, o a un que tingui malsons, *L'home invisible*.

Un altre aspecte important que cal tenir en compte és l'aïllament i la passivitat que es generen si tenim cinc televisors i a casa hi viuen quatre persones, perquè, evidentment, la televisió es convertirà en un element aïllador de la família, i el nostre objectiu és justament el contrari. Si només en tenim un, ens pot servir per ensenyar a compartir i respectar tant els gustos com el torn de cadascun dels membres de la família. Veure una pel·lícula junts i comentar-la tot prenent crispetes pot ser tan enriquidor com anar d'excursió tots plegats. Quan volem parlar d'algun tema concret i no sabem com abordar-lo, no hi ha res millor que una pel·lícula sobre el tema que ens preocupa per establir un diàleg durant el sopar.

Un dels perills més importants de la realitat virtual és que ofereix la possibilitat d'escapar d'una realitat que no ens satisfà, i tot el que proporcioni una fugida, en comptes de fer-nos agafar el bou per les banyes i solucionar allò que no ens agrada, no és sa des del punt de vista psicològic.

Un noi o una noia d'aquesta edat ha d'aprendre, com a estratègia mental, a enfrontar-se amb la realitat i acceptar-la tal com és, i no fugir i amagar-se en una ficció.

Els xats, als quals són tan aficionats, els donen l'oportunitat de crear un personatge del que els agradaria ser i dur-lo a la pràctica. Poden vendre una imatge i aconseguir que la gent hi cregui, però evita el contacte real amb persones de la seva edat, és una falsedat, aïlla i crea una realitat enganyosa que sovint els confon. Cal oferir-los alternatives, no donar-los cap opció que es passin el dissabte a la tarda xatejant o enviant missatges pel mòbil.

A aquesta edat, convé tenir els caps de setmana organitzats i plens d'activitats que els tinguin ocupats tant físicament com mentalment. Ja sabem que això comporta una despesa extra, alguns sacrificis, renunciar al descans i a la tranquil·litat... però es tracta només d'una etapa. Els podem organitzar excursions amb bicicleta, acampades, partits de futbol o bàsquet o anar a esquiar; protestaran, això segur, però després s'ho passaran bé. No els ho hem de preguntar, sinó prendre la iniciativa i donar-los-ho fet. L'important és que tinguin alguna cosa per fer i que els obligui a mantenir el ritme de llevar-se d'hora que tenen durant la setmana. No hem d'abaixar la guàrdia; els hem de demostrar que s'ho poden passar molt bé fent coses a l'aire lliure, que d'aquesta manera coneixen gent i parlen, mantenen converses i riuen, i ho fan de debò, en el món real. El cinema i el teatre també són bones alternatives, i si aconseguíssim que s'enganxessin a la lectura seria fantàstic.

Realment, planejar activitats en família implica una dedicació organitzativa més gran per part dels pares, just en un moment en què ja poden fer coses sols i sembla que ens necessiten menys, però això només és una aparença; ara és quan més els calen la nostra presència i el nostre criteri.

Sovint, comencen a fer servir l'excusa de l'ordinador per tancar-se a l'habitació, simplement buscant l'intimitat. Tenen necessitat del seu espai privat, que cal començar a respectar, i és el moment d'escriure un dietari, i de les confidències. Totes les seves coses tenen claus, codis d'accés, pins, i tot és sempre secret.

És bo que demanin privacitat i intimitat i cal respectar-ho, però també és necessari, per exemple, que controlem sense que ells ho sàpiguen què és el que fan quan naveguen per Internet i quines pàgines són les que solen visitar per evitar que accedeixin a informacions no aptes per a menors. Encara que no ho sembli, encara ho són, i vosaltres, com a pares, teniu el dret i l'obligació de vetllar per la seva innocència.

Els seus arguments davant d'aquestes situacions solen ser: «Al meu amic, els seus pares el deixen navegar sense restriccions... confien en ell». Davant d'això, no hem de tenir cap problema a respondre que cada família és un món i que les normes de cada casa són diferents. Mai no deixeu, en contra de la vostra voluntat, que el vostre fill faci alguna cosa perquè els altres nens ho fan, encara que sigui una ximpleria. Perquè l'important no és el que li permeteu o no de fer, sinó els motius.

Si li deixeu fer alguna cosa perquè la fa tothom, de manera indirecta esteu justificant qualsevol conducta pel simple fet que tothom ho fa, eliminant, al mateix temps, tota possibilitat de ser independent dins del grup d'amics i de tenir criteri propi.

És una manera d'actuar molt perillosa, per les conseqüències que pot tenir. Perquè el que el vostre fill aprèn és que per a vosaltres és més important l'opinió dels altres, i que, si tothom fa una cosa, també cal fer-la i no ser diferent. És a dir, la seguretat ve del fet que la majoria opini de la mateixa manera, i amb això estem propiciant que el nostre fill no sàpiga desmarcar-se del que fan els seus amics. A més, li estem creant una dependència excessiva de les opinions dels altres, en un moment en què s'assenten els precedents del que serà l'adolescència.

Així doncs, molt de compte amb aquesta mena de decisions. Als 12 anys comencen a tenir força independència, van i vénen de l'escola i hem d'estar segurs que no es deixaran portar pel grup cap a locals on es connecten a Internet sense cap mena de control i tenen accés a determinats jocs no autoritzats a menors de 18 anys per la seva extrema violència.

Pel fet d'anar a contracorrent, no converteixes el teu fill en un marginat, sinó ben al contrari: enforteixes la seguretat en les seves pròpies opinions. I el més important que li hem de transmetre a aquesta edat és que si ell no vol fer una cosa, perquè el fa sentir incòmode, no s'ha de deixar arrossegar per les seves amistats.

Identificació de papers. Por de fer-se gran i rebel·lia

A partir dels 6 anys, els nens comencen a tenir clar que quan siguin grans s'assemblaran al pare o a la mare, segons si són nens o nenes, i busquen desesperadament un model amb el qual sentir-se identificats. Sovint, aquest no coincideix amb el que tenen a casa, i es volen assemblar a l'avi o al jugador de futbol que admiren.

Per això, és necessari que us tinguin a l'abast, que us coneguin i que comparteixin xerrades amb vosaltres perquè aprenguin quin és el paper que desenvoluparan de grans. Els nens, però, no sempre aprenen amb l'exemple, de vegades ho fan per antagonisme; és a dir, «malgrat» el que veuen a casa. O ho imiten o fan tot el contrari.

Síndrome de Peter Pan

Una cosa que sí que és a les nostres mans, com a pares, és evitar la síndrome de Peter Pan: el nen que no es vol fer gran perquè li fan por les responsabilitats. Sovint, un pare o una mare massa perfectes, als quals el nen pensa que no podrà igualar mai, en podria ser la causa.

Quan les metes que plantegem al nostre fill li semblen inassolibles, es pot bloquejar i es pot enquistar en comportaments infantils impropis de la seva edat: fuig de les responsabilitats.

A aquesta edat, una situació com aquesta provoca la rebel·lia del nen, que canvia el seu comportament i comença a fer tot el que sap que no ens agrada, simplement per provocar. Com més sermons, pitjor. Sembla que faci just el contrari del que li demanem.

Com ajudar el nostre Peter Pan

Sovint, sense adonar-nos-en, perdem massa temps dient-li com és de dolent i que malament que es comporta. Alguna vegada, se'ns pot escapar allò de «Jo, a la teva edat, era molt bon estudiant» o «Sabia comportar-me com cal», frases lapidàries com no n'hi ha d'altres. Tallem, així, qualsevol possibilitat que el nen ens demostri tot el potencial que porta a dins, cosa que comporta establir una relació disfuncional tal com la descriu el psicoterapeuta italià A. Fiorenza. No és que els nens siguin dolents o complicats, sinó que s'estableix una relació entre aquests nens i els seus pares o professors que no funciona, que està bloquejada: pares ansiosos, amb massa atenció posada en el nen, amb massa expectatives sobre ell, sobreprotectors, i quan una disfunció s'afronta malament es converteix en un problema. Per solucionar-la, l'equip de G. Nardone i P. Watzlawick han elaborat l'anomenada Teràpia Breu Estratègica. Aquest tipus de psicoteràpia no busca el **perquè** d'un comportament disfuncional; busca **com** frustrar-lo o dissoldre'l mitjançant un seguit de tàctiques o estratègies molt innovadores. Quan el sistema relacional està bloquejat, simplement promovent un petit canvi se'n pot iniciar la solució. Segons A. Fiorenza, és molt pretensiós voler imposar una solució dràstica: si ataques frontalment el sistema d'alerta, el nen es posa a la defensiva i no hi ha resultats, però si hi introdueixes un petit canvi, modifiques les regles del joc i aquest deixa de ser-ho, i el nen es descol·loca, amb la qual cosa s'aconsegueix un canvi d'actitud.

QUADRE DE REACCIONS: NENS DE 6-12 ANYS

Nom: ____

Estímul	Reacció fill + /
• Independència 	
• 1rs deures 	
• Realitat virtual 	
• Autoestima 	
• Comunicació 	

______________________ Edat:_________________

Valoració + / –	Reacció pares + / –	Valoració + / –

Vegem un dels casos més representatius del centre de Teràpia Breu Estratègica de Bolonya, el d'una nena afectada de mutisme selectiu: la Giovanna, una nena de set anys que a casa sí que parlava, però no a classe amb els seus companys. La nena estava còmoda sense parlar i amb l'atenció de la mestra insistint-li que parlés. Es va pertorbar el sistema introduint-hi tan sols un «petit canvi». Es va dir a la mestra que cometés petits errors en adreçar-se a la nena i que no permetés que ella la pogués corregir, tot mostrant-se indiferent. «Giovanna, quina camisa blanca tan bonica», li deia la professora; i la camisa era de color rosa, però ella s'allunyava gairebé sense mirar-la. L'actitud d'indiferència de la mestra enfuria la Giovanna, que anava acumulant una frustració tremenda pels continus «errors» de què era objecte. Fins que un dia li va caldre alliberar tota la tensió i va començar a comentar-ho amb els companys per veure si ells se n'adonaven... i final del mutisme.

Els resultats d'aquest tipus de teràpies són sorprenents i ens demostren com, a cada edat, convé actuar d'una manera diferent; tot i que per regla general sempre funciona millor una estratègia que un enfrontament obert. I també ens seran molt útils les nostres taules de reaccions i comportaments. Per poder aplicar una estratègia efectiva, és necessari conèixer a fons tant la personalitat com les reaccions dels nostres fills (vegeu les taules de reaccions). Fer-se gran és un procés que s'inicia d'una manera individual, però la seva aparició és variable en el temps; es pot donar de manera precoç, retardar-se o no produir-se mai. La maduració implica aprendre a responsabilitzar-se dels deures i dels errors de cadascú, aprendre a posar-se en el lloc de l'altre, abandonar l'egocentrisme propi de la primera infància, aprendre a comprometre's. Tanmateix, l'entorn social actual que envolta els nostres fills sembla que els empeny a ser eternament nens, com li passava a Peter Pan, que es negava a fer-se gran.

En comptes d'això, seria molt formatiu que ensenyéssim al nostre fill, des del diàleg, sense enfadar-se i col·laborant amb ell, el que pensem com a pares, beneficiant-lo amb les nostres opinions. A la llarga, no només aprendrà més de pressa, sinó que se sentirà millor i més predisposat a seguir el nostre exemple.

• Hem de ser clars i no deixar-nos endur per l'estat d'ànim. S'han de mantenir les mateixes pautes en tot moment. Si un dia li deixem veure una sèrie a la televisió i l'endemà perdem la paciència a la mínima ocasió perquè estem cansats i l'enviem a la seva habitació, el nen no entendrà res.

• No hem de trigar gaire a posar límits. A aquesta edat, no comprendrà per què abans li permetíem que fes unes coses i ara no. Pot ser que quan era una mica més petit ens fes gràcia, però ara no ho suportem. «Quan tenen dos o tres anyets i et diuen amb aquella cara de murris "mama, tonta", rius, però ara, amb deu anys, li trencaries la cara.» Això no és ser conseqüent. No hem d'esperar que la seva actitud ens posi a mil, les males conductes s'han de tallar des del primer moment. A més, si li crides i t'enfades, amb quina autoritat li pots demanar a ell que no ho faci?

• És difícil que, a aquestes altures, no identifiqui quan esteu enfadats, però sí que és possible que no us prengui seriosament. Si l'heu amenaçat de passar-lo per l'adreçador, però mai no ho compliu, el vostre fill senzillament no ho ha entès, perquè els pares que donen segones, terceres o... desenes oportunitats abans de passar a l'acció, no són presos seriosament.

• També és possible que si manteniu una actitud negativa general davant de qualsevol conducta del vostre fill, ell no sàpiga distingir quan actua bé i quan actua malament. Decideix «passar de tot» i li és igual la vostra opinió, perquè sempre és la mateixa.

• La clau està a deixar les coses clares, unes normes senzilles, concises i coherents, bastides damunt un esperit positiu.

Rebel... sense causa?

La seva manera de portar la contra va canviant a mesura que es va fent gran, però manté un denominador comú: la resistència. És important desxifrar com hem arribat a aquesta situació i esbrinar quins sentiments s'amaguen al darrere d'aquesta actitud rebel, sense ganes de fer-se gran i refugiant-se en comportaments infantils impropis de nens grans d'entre 10 i 12 anys.

Segurament, els vostres esquemes no seran els seus. Posar-vos a la seva pell us ajudarà a tenir una perspectiva més real. En aquesta etapa del seu desenvolupament, és important per al vostre fill constatar que el vostre amor cap a ell és incondicional, i que l'accepteu tal com és. No pretengueu convertir-lo en una còpia barata de les vostres il·lusions i objectius; no els ha de compartir necessàriament.

Cal permetre que es trobi a si mateix, escoltar-lo, ser al seu costat, mirar de comprendre les seves il·lusions i donar-hi suport, encara que no les compartiu. Cal ajudar-lo perquè perdi la por de fer-se gran.

Formar una autoestima adequada, la clau del criteri propi

Aquesta és la part més difícil d'aconseguir. Els nens encara no tenen un criteri propi format, sinó que el van elaborant al llarg de tota la seva infantesa i pubertat. I el van posant en pràctica cada dia. Ara és el moment d'establir els seus drets i deures, i determinar fins on cal exigir-los.

Es defineix l'autoestima com la necessitat d'estimació i valoració personal.

Un mateix ha de poder construir valors com:

- Tenir confiança en un mateix.
- Tenir seguretat.
- Prendre la iniciativa.
- Conèixer les pròpies limitacions.
- Aprendre a demanar ajut.
- Acceptar els consells i les normes.
- Respectar-se a si mateix i respectar els altres.

I en els altres ha de poder trobar valors com:

- Acceptar la seva manera de ser.
- Comptar amb ell.
- Oferir-li tasques de responsabilitat a la seva mida.
- Valorar els seus petits èxits.

- Establir normes de cooperació.

Tant l'actitud com les expectatives dels pares cap als seus fills modifiquen sensiblement la imatge que aquests tenen de si mateixos, i aquest és un dels pilars bàsics de la formació de l'autoestima. Difícilment un nen aprendrà a estimar-se a si mateix si constantment sent o percep frases o actituds negatives sobre ell. La tendència a posar etiquetes a la personalitat dels fills té una influència molt negativa sobre un caràcter en plena formació.

Agafem el cas de l'Edu, un nen mogut, curiós, que duu els pares i els professors de corcoll i que constantment sent com la mare es refereix a ell d'aquesta manera: «El meu nen és un terratrèmol, em fa tornar boja, ja no sé què fer» o «Quina sort que tens, el teu fill sí que és bo». De la mateixa manera, la professora en parla dient: «Aquest és el nen més difícil que he tingut» o «Sempre m'esvalota tota la classe». Amb aquesta mena de comentaris i etiquetat de nen terrible, és molt difícil que l'Edu tingui una bona imatge d'ell mateix. Ell no sap com és, sinó que es veu reflectit en la idea que els altres en tenen, de manera que, d'acord amb les opinions que sent, es considera dolent, ja que fa la guitza a tothom, i actua en conseqüència. Ningú no li ha donat l'oportunitat de demostrar totes les coses bones que duu a dins.

¿Vols saber com pots aconseguir que el teu fill es trobi a gust amb ell mateix? ¿Com el pots ajudar perquè tingui una autoestima elevada?

Aplica a l'educació del teu fill **la teoria de la Intel·ligència Emocional,** una revolució científica que vincula l'èxit personal amb la capacitat per ser feliç i per controlar les emocions.

Aquí tens cinc regles que et poden ajudar molt en la tasca d'estimular aquesta capacitat emocional:

1. Estima'l molt. Demostra-li els teus sentiments; no serveix limitar-se a cuidar-lo i donar-ho tot per fet. El principal paper dels pares és educar, influir damunt els seus fills a través del tracte diari, confiat i sense pressa. Juga amb ell, estigues per ell, amanyaga'l, no et limitis a ser una bona mare. Gaudeix-lo!!

2. Dedica-li temps. Ja sabeu que val més la qualitat que la quantitat, però sense passar-se. El missatge que rep el nen si veu que els seus pares dediquen més temps a feines, persones i activitats que a ell, és que no és important i per això no li fan cas. Cal que sigueu capaços de renunciar al partit de pàdel o a anar al gimnàs per compartir unes hores amb els vostres fills. Ja ho sabeu: el contacte del dia a dia crea afecte.

3. No el consentis massa. És petit, però no beneit. Estimar intensament un fill no vol dir facilitar-li la vida i intentar que tot li surti perfecte amb el mínim esforç possible. No es pot abusar de cedir a tots els seus capricis, perquè el que s'aconsegueix és que el nen estigui desmotivat. Cal tenir en compte que quan un nen aprèn a esforçar-se i a lluitar per aconseguir alguna cosa, un cop l'obté, la satisfacció que sent és més gran i molt educativa. Se sent orgullós de si mateix. Ha de tenir unes normes i uns límits, amb uns horaris establerts per a les seves activitats. D'aquesta manera, sabrà el que esperes d'ell a cada moment, i això el farà sentir més segur i farà que es comporti millor.

4. Corregeix-lo, però no l'humiliïs. Per construir el seu amor propi, el nen només disposa dels senyals d'afecte que li arriben, i les desvaloracions, verbals o no, destrueixen els seus avenços incipients. Desterra del teu vocabulari la frase «Que n'ets, de dolent» i substitueix-la per «Que malament que et portes». Pensa que d'aquesta manera no dónes per fet que el dolent és ell, sinó allò que fa malament.

5. Transmet-li els vostres valors. Amb les actituds, amb les paraules, amb els gestos, hem de mantenir un criteri de coherència. No s'hi val a prometre'ls una cosa i després oblidar-nos-en, o fer veure que no ens en recordem. El que es diu, es compleix, i si no s'ha de complir, més val mossegar-se la llengua. Si no, les conseqüències són nefastes, perquè els nostres fills creixen sense poder confiar en les persones que els estimen més i en qui necessitaran recolzar-se. Si no sabem construir aquest respecte i confiança mutus, la nostra obra fracassarà.

Hem de pensar que nosaltres no som l'única font d'aprenentatge: moltes coses les viu i les experimenta fora de casa i fora de l'escola. I que, per tant, els fonaments que li puguem donar seran els pilars damunt els quals s'assentaran els següents aprenentatges emocionals. Avui dia, adquireixen una especial importància a causa de l'actual saturació d'estímuls educatius i a la impossibilitat material de controlar-los o ni tan sols de reconèixer-los per part de la família i fins i tot del professorat.

Així l'afecten les emocions

Aquest és un moment de la seva vida en què va descobrint i identificant els diferents sentiments i emocions: tristor, alegria, nerviosisme, enuig, amistat, afecte fraternal... Consolida la confiança i el respecte. Comença a comprendre conceptes abstractes com la mort com a part del cicle de la vida.

A aquesta edat, els nens es poden trobar en la situació d'haver d'afrontar la mort d'una persona estimada i important per a ells, com l'avi o l'àvia. És fonamental deixar-los presenciar i compartir l'evolució d'una malaltia, i ajudar-los perquè es puguin acomiadar de l'ésser estimat. Han de plorar la pèrdua i tenir un període de dol per poder-ho superar. En cas d'accident, és bo que els nens redactin una carta de comiat, escrivint els seus sentiments cap a la persona desapareguda. Oblidem les frases lapidàries del tipus «Els nens no ploren», o «Més val no comentar-ho amb ell».

Sempre hem de respondre, en el seu nivell, a les seves preguntes i als seus dubtes. Una metàfora molt útil per explicar-li la mort a un nen és la de la metamorfosi del cuc de seda, com deixa enrere el cos inservible de cuc per convertir-se en papallona i volar. Les emocions, tant les bones com les doloroses, cal compartir-les amb els fills; és part del seu aprenentatge emocional.

L'autoestima del nen s'elabora segons el que veu reflectit tant en el comportament com en els comentaris dels adults referents a ell. Autoestima vol dir l'estimació que té per si mateix, de quina manera es considera, la imatge que té de si mateix en les tres esferes fonamentals del desenvolupament infantil: la física, la intel·lectual i la personal. És un concepte fonamental en la seva evolució, que va configurant al llarg de la seva infància.

La manera com el tractin, primer els pares, familiars, professors i amics, i quin paper li assignin, li servirà per anar-se situant i anar-se formant una idea global de la seva personalitat. El nen confon sovint com li agradaria ser i com és. En el procés de formació de l'autoestima, hi intervenen tots els comentaris que el nen sent sobre la seva persona. Si un nen s'ha passat tota la infantesa sentint comentaris com «Pobret, que lent que és» o «L'he d'ajudar, perquè si no trigarem un any a acabar els deures», pensarà que és lent, quan en realitat pot ser que tingués una mare sobreprotectora que no el deixava evolucionar.

Pensem què passaria si tot el que hem explicat no es dugués a terme i el nen creixés en unes pèssimes condicions per elaborar una autoestima adequada i visqués alguna situació traumàtica (mort del pare o de la mare, guerra, atemptats, etc.) que li fes difícil elaborar una personalitat equilibrada. Estaria tot perdut? Segons el psiquiatre francès Boris Cyrulnik, no estaria tot perdut, ja que els nens tenen un mecanisme de defensa davant d'aquestes situacions, anomenat resiliència, una mena d'instint de supervivència emocional que els permet superar-les sense problemes ni seqüeles. La resiliència fa possible que una infantesa feliç no sigui determinant en la vida del nen. Al seu llibre *Los patitos feos*, fa arribar un missatge d'esperança a tots els nens víctimes de desgràcies. Segons la seva teoria un nen traumatitzat psicològicament no està condemnat a convertir-se en un adult fracassat. No tot es juga abans dels 3 anys, ni tot està ja decidit als 6. La capacitat d'adaptació dels nens a les situacions més difícils, la seva capacitat per sortir-ne indemnes fins a gairebé l'adolescència és increïble. En podríem posar nombrosos exemples, però potser els més sorprenents són els de la famosa diva Maria Callas o el del mateix Cyrulnik, que als 6 anys va aconseguir escapar d'un camp de concentració nazi, com a la pel·lícula de Benigni *La vida és bella*.

L'amistat

Un dels factors que influeixen directament en el desenvolupament de l'autoestima és la formació d'amistats. Fins ara, els amics només servien per compartir els jocs i el temps lliure, i l'únic criteri de selecció es basava en «Com m'ho passo de bé amb en tal». Però, a partir dels 10 anys, els hem d'ajudar a distingir entre els diferents tipus d'amistat i a adonar-se del que és un amic de debò i diferenciar-lo d'un company de jocs.

Pautes per elaborar un criteri sobre l'amistat i fer-li reflexionar sobre el tema

• Si un amic només et busca per divertir-se, però, quan necessites ajuda per fer els deures, o li demanes que t'acompanyi a fer algun encàrrec o alguna cosa avorrida, s'escapoleix, malfia-te'n, no és tan amic com et pensaves.

• Si la seva amistat depèn del seu estat d'ànim i és variable, tampoc no l'has de catalogar com a amic.

- L'amistat és un sentiment recíproc en què cal ajudar-se i donar-se suport mútuament, a més de compartir els espais lúdics.
- En els moments difícils es posen a prova les amistats.
- Un amic sap guardar un secret i no traeix la teva confiança.
- La confiança i el respecte mutus són imprescindibles.

A més d'aprofitar qualsevol situació per remarcar aquests aspectes i respondre als seus dubtes, cal anar dirigint indirectament els seus passos per aquest camí per evitar-li problemes posteriors. Tots sabem que a ningú no li serveix de res l'experiència dels altres, i menys la dels pares, i que moltes vegades hem de deixar que s'estavelli perquè experimenti i aprengui la lliçó. Però no serveix allò de «No ens hem de ficar a la seva vida».

Els pares no podem ser amics dels nostres fills; som el seu guiatge, el seu suport, el seu punt de referència, i hem de vetllar pels seus interessos, tant intel·lectuals i emocionals com econòmics. Els hem d'ensenyar a administrar-se, a sociabilitzar-se, a conrear l'amistat i a fugir de les relacions perilloses. Per això, és imprescindible treballar l'autoestima i la capacitat de diferenciar-se del grup, perquè, en els moments crucials, sàpiguen dir *no*. I no hem d'esperar a l'adolescència, cal començar a posar maons molt abans.

La Mafalda és una nena d'11 anys, que ha passat per una situació delicada. El seu pare ha hagut de tancar el negoci i ara es troba sense feina. Si la nena no ha interioritzat la seva autoestima en funció dels valors personals i ho ha fet, en canvi, depenent del «tant tens, tant vals», aquesta circumstància afectarà la seva seguretat personal.

Ella estava orgullosa del seu pare i donava molta importància a l'estatus econòmic. Les seves amigues l'acceptaven al seu grup perquè era una «nena de casa bona» i complia tot un seguit de requisits socials. Vivia en una casa bonica, tenien un gran cotxe, anaven vestits a la moda... i, de cop i volta, s'han d'estrènyer el cinturó temporalment, fins que la situació s'arregli.

La Mafalda se sent aclaparada i no sap quina cara fer, té por que les amigues la rebutgin i de sentir-se inferior. L'opinió de les amigues és molt important per a ella, i plora desconsoladament a les nits. Tot i que la situació segurament se solucionarà, es tracta de fer-hi petits ajustaments.

Evidentment, tan bon punt les amigues s'assabenten de la situació, la majoria li gira l'esquena, amb frases del tipus «Quan solucionis el problema tornaràs al club», però també té sorpreses agradables. Aquella nena, la Betina, que li resultava simpàtica, però amb qui no era amiga íntima, li dóna suport i no la deixa sola, tot traient-li importància a la qüestió.

Podem substituir el problema per altres de semblants: una separació, que la mare tingui un company i aparegui a la festa escolar amb ell, canviar-se de casa o qualsevol incidència que afecti els seus paràmetres socials... i constatar que les reaccions dels nens són gairebé idèntiques.

La nostra posició com a pares ha de ser la de demostrar que la Betina és una nena en qui pot confiar, perquè no la valora per les aparences externes, sinó per les seves qualitats personals; i que, contrariament, les nenes que creia que eren les seves amigues de l'ànima li han demostrat que no ho són. Hem de mirar de transmetre-li la seguretat que superarem aquest mal tràngol amb alegria, perquè considerem que és simplement una incidència sense importància. Les coses realment importants són que la família estigui unida per superar tota mena de circumstàncies.

Aprèn a comunicar-te amb el teu fill

La comunicació és una de les claus principals de l'èxit en la relació pare-fill. L'important no és només ser un superpare o una supermare i ser capaç d'assumir-ho tot, sinó crear un vincle afectiu que ens uneixi als fills per damunt de la relació de consanguinitat.

La vida que fem avui dia sovint genera crits, presses i curses contra rellotge, cosa que no ens deixa pràcticament temps per escoltar-los. Sovint, repetim als nostres fills les mateixes frases fetes, i moltes vegades interpretem malament els missatges dels nostres fills. Aquest és un dels motius pels quals es connecten als xats o es passen el dia enviant missatges als mòbils. Ho fan per no sentir-se sols i, encara que sembli mentida, aquesta és una de les grans queixes dels nois d'avui.

Als xavals d'aquesta edat els cal comunicar-se, explicar les seves coses, que els escoltis... no que els omplis de preguntes, que els vulguis controlar i que només et preocupi que aprovin i que siguin puntuals. En aquest període, el desenvolupament intel·lectual possibilita que siguin capaços de reflexionar sobre ells mateixos i sobre els seus sentiments i emocions.

Tu, el primer. Vigila què dius i com ho dius

• El que dius és molt important, però encara és més important com ho dius. La mirada, els somriures, la nostra postura i els nostres gestos, el to i el volum de la veu poden donar èmfasi a les nostres paraules o, contràriament, poden contradir-les.

• Així doncs, si no vols fer arribar als teus fills missatges contradictoris, procura que el contingut del que dius sigui coherent amb la manera de dir-ho. Si discuteixes amb el teu fill perquè t'ha fet una mala passada sense voler i li dius «Ja sé que ho has fet sense voler, no estic enfadada, però el proper cop vés més amb compte» amb les celles arrufades i un to sec i tallant, segur que no et creu. Passa el mateix quan et ve a preguntar alguna cosa mentre estàs veient un partit de futbol i li dius «Sí, sí... ja vinc», sense ni tan sols aixecar els ulls del televisor.

Vegem la següent situació: els pares de l'Albert s'acaben de separar i, amb la millor de les intencions, van explicar a ell i el seu germà que els pares eren molt amics, gairebé com germans, però que a partir d'ara viurien cadascun en una casa. Fins aquí no va passar res, però un cap de setmana que ells eren amb el seu pare, alguna cosa va trontollar. Se'n van anar amb una colla d'amics a un parc temàtic d'atraccions, tots eren amics, però ells eren els únics que anaven només amb el pare. El dilluns següent, l'Albert, que té 9 anys, no volia anar a l'escola i es va posar a plorar desconsoladament... tenia un atac d'ansietat. Els pares, molt amoïnats, no entenien res. Què li passava? Aparentment, tot estava sota control i, tanmateix, existia un greu problema de comunicació. El missatge que els pares havien transmès a l'Albert no havia convençut gens el nen, que és petit... però molt llest. Està desorientat i té por que els seus pares deixin de ser amics, perquè si sent-ho s'han separat, què passarà el dia que no ho siguin? A més, si són tan amics, com és que mai no van junts enlloc? L'Albert pensa que l'estan enganyant, que li estan amagant alguna cosa, i aquesta situació li produeix una gran inseguretat. L'ansietat que pateix pel fet de sentir-se enganyat és tan gran que no la pot controlar, i l'està afectant en tots els àmbits, tant a casa com a l'escola. El primer que s'ha de fer en aquests casos és seure amb el nen i tenir una xerrada sincera, en la qual els pares no han d'intentar disfressar la situació per evitar el seu sentiment de culpa. La comunicació és un factor essencial en la creació del vincle afectiu amb el vostre fill, i no es poden enviar missatges incoherents, perquè l'única cosa que generen és desconfiança. Tampoc no fa falta explicar-li els veritables motius de la separació, però sí que cal ser coherent amb el que es diu, és a dir: si sou amics, no passa res si aneu una tarda al cinema amb el vostre fill. Si no ho sou, digueu-li-ho. La relació que tingueu entre vosaltres no l'afectarà tant si es manté al marge de la relació de pares. Per exemple: «El pare i la mare ja no estan junts, però sempre serem els teus pares i t'estimarem per damunt de tot».

- És important respondre als dubtes que vagin sorgint i mai deixar-ho per a demà. Cal buscar respostes al seu nivell. Si en vol saber més, tranquils, que segur que tornarà a preguntar.
- Escolta'l amb els cinc sentits. Escoltar activament vol dir no només captar el missatge del que el teu fill t'està dient, sinó també demostrar, a través de la teva actitud, que estàs prestant atenció, animant-lo a continuar. Si a més el mires als ulls i fas comentaris sobre el que t'explica, li demostraràs que t'impliques i et poses en el seu lloc. Aquestes capacitats de saber-se posar en el lloc de l'altre i comprendre els seus sentiments és el que es coneix com a empatia. Aquesta eina és fonamental en la interrelació pares-fills.
- L'empatia, el fet de saber-se posar al seu nivell, no és incompatible amb la fermesa. Ha d'haver-hi moments per a tot: és tan important jugar amb ells i fer una guerra de coixins com parlar seriosament i posar els límits del que es pot fer i el que no.

• Buscar un espai que fomenti la conversa és necessari, ja que en la nostra vida de cada dia anem tots a corre-cuita i gairebé no tenim temps per a res. Es pot fer un parèntesi a l'hora de sopar, al voltant de la taula, abans que comenci el seu programa de televisió preferit. O bé dissabte al matí a l'hora d'esmorzar, oblidant-nos dels problemes i centrant tota l'atenció a escoltar cadascun dels nostres fills. Si n'hi ha més d'un, caldrà establir torns perquè tots puguin parlar i s'evitin les interrupcions. Aquest és un exercici fantàstic, mijançant el qual s'aprèn a exterioritzar les vivències i els sentiments i a compartir-los. Ens serveix per conèixer-nos millor, tant entre pares i fills com entre germans. I, quina sorpresa, a tots els agrada i es barallen per ser el primer! Actualment, no és tan fàcil que algú estigui disposat a dedicar el seu temps a escoltar-nos... Però això encara vol dir molt més en el cas dels nens, que tenen un diccionari diferent, més subtil, en el qual dedicació és sinònim d'afecte. D'aquesta manera, se senten apreciats, valorats, estimats... i només per escoltar-los. Perquè en aquests moments no fem res més que estar pendents d'ells, dedicar-los el nostre temps i atenció, i això no té preu, i els nens ho saben.

Comunica't amb ell:

• Escolta el teu fill. Fes-ho en el moment que ell ho necessiti, no ajornis les seves confidències.

• Interessa't per la seva vida quotidiana: els seus amics, les seves classes, els incidents de cada jornada.

• Sigues comunicatiu: explica a casa coses de la teva feina, les teves opinions i els teus sentiments. D'aquesta manera, s'aconsegueix crear una gran complicitat i es fa més fàcil que ell comparteixi també els seus problemes.

Guanya't la seva confiança: funciona!

Una comunicació sense escletxes és el secret per prevenir els problemes. Però això no s'aconsegueix d'un dia per l'altre, sinó pas a pas, des que són petits.

Aborda'ls indirectament: desplega la teva imaginació ja des del dia que neixen. A poc a poc, cal anar-se guanyant la seva confiança, i cal saber-la mantenir a mesura que passen els anys. Si ho aconsegueixes, segur que als 12 anys t'expliquen els seus petits problemes. Les crisis d'identitat que es comencen a patir en aquesta edat generen un cert bloqueig i un hermetisme total. Cal aprofitar moments compartits i relaxats per parlar, tot i que si es percep que anant amb embuts no en traiem l'aigua clara, no queda altre remei que abordar el tema que ens preocupa obertament. Podem aprofitar una tarda de compres amb la nostra filla, o un diumenge al parc amb el noi. És important que aquest tipus de converses tinguin lloc entre iguals, és a dir, pare-fill o mare-filla. En sentir-se identificats pel model femení o masculí, els serà més fàcil sentir-se compresos. Un cop t'explica el que li passa o l'amoïna, no l'ataquis amb judicis morals, simplement valora amb molta calma els fets tal com són i ajuda'l a treure'n les seves pròpies conclusions. No hem d'oblidar que en aquestes edats coneixen els valors, però la seva consciència encara s'està configurant. Entre els 5 i els 12 anys, encara assumeixen els valors familiars i els repeteixen. Necessiten un marge de confiança: si apostes per ells, segur que et sorprendran... positivament.

Quin és el paper dels pares?

L'experiència de ser pares es viu de manera molt diferent en dones i homes. Fins i tot les idees sobre l'educació dels fills poden ser contraposades, però el més important és saber compartir, dialogar i arribar a un consens. Els pares han de formar un equip educatiu, tant si són parella com si no. Tant si estan casats, com separats o divorciats, o si per qualsevol motiu una de les figures, materna o paterna, es troba lluny, no es pot plantejar el projecte de criar i educar un fill de manera aïllada. S'ha de tenir sempre molt clar que l'interès dels nens està per damunt de tot.

En contra del que pugui semblar, algunes parelles separades podrien donar lliçons de paternitat a altres de suposadament «normals». Aquest és el cas de la Maria Josep i en Salva, uns pares que vénen plegats a la consulta perquè els preocupa l'actitud del seu fill petit, l'Erik. «Té set anys i està molt rebel, s'altera per qualsevol cosa, mentre que abans era un nen dòcil i afectuós. L'altre dia em va organitzar una escena tremenda perquè no volia anar a l'escola i, com que és una cosa que no havia passat mai, estem amoïnats», ens explica la Maria Josep mentre en Salva assenteix amb el cap.

Ens informen de com ha canviat l'actitud del nen i, tant el pare com la mare, demostren que coneixen perfectament el seu fill... Però hi ha alguna cosa que no acaba de quadrar en l'explicació. Fins que, després d'una bona estona, en Salva explica com s'ho manega ell sol quan li toquen els nens. Increïble!, semblaven una parella compenetrada i resulta que estan separats. Tots dos adoren els seus fills i comparteixen les responsabilitats i les satisfaccions en la mateixa mesura.

Han sabut deixar de banda les dificultats o problemes que hagin tingut com a parella i, tot i que no els hagin anat bé les coses com a tal, estan decidits a ser uns pares de primera. I aquest és el primer pas: ser conscients que, en aquestes circumstàncies, el primer són els nens. D'aquesta manera, tots en surten beneficiats.

Afrontar una separació amb nens sempre és dur; per això, és important no perdre de vista que si vosaltres pacteu sense rancor i col·laboreu en els intercanvis, els que en sortiran beneficiats seran els vostres fills. Ells han estat i continuen sent un projecte comú que necessita créixer sense problemes.

Hi ha una altra situació que segur que us resultarà familiar, ja que és molt comuna i molt perjudicial per a tots els membres de la família. Però tranquils, podeu evitar-la. És el cas de la incorporació d'un nadó a la família, quan el duet home-dona s'ha convertit en un triangle i la teva parella està desorientada; no sap com actuar.

Generalment, als homes els cal més temps per assimilar la nova paternitat. De manera que la cosa es va complicant: mentre que la mare passa més temps amb els fills, el pare arriba de treballar tard i amb ganes de gresca. Tot l'esforç per imposar una autoritat i uns límits, una mínima disciplina que permeti funcionar en la vida diària, se'n va en orris quan el pare arriba i es dedica a saltar-se totes les normes que tant esforç t'ha costat que aprenguessin.

Davant aquestes situacions, hi ha dues opcions: prescindir d'ell i quedar-te sola davant el perill o elaborar algunes estratègies per solucionar el problema. La primera opció és molt perillosa, perquè, tot i que la majoria de les dones pensa que ho poden fer soles, sovint es cremen a mig camí i, quan ja no poden aguantar més, carreguen les culpes al pare. Aquest és el primer pas cap a la separació... Així doncs, molt de compte a creure's invencible.

Claus bàsiques per establir l'autoritat compartida

- **Apreneu a negociar. Si teniu opinions molt diferents, cal mirar de dialogar i cedir. Negocieu punts de vista intermedis. No imposeu la vostra voluntat. No hi ha només una manera de fer les coses. Alterneu-vos, un dia feu-les com diu ell i l'endemà com diu ella. Compareu els resultats i després preneu una decisió conjunta.**
- **Impliqueu-vos en la mateixa mesura. És bo saber que podeu comptar l'un amb l'altre, que us necessiteu. Que l'un serveix per explicar contes i l'altre aconsegueix que es mengi la verdura. No deixeu de valorar positivament i en veu alta les iniciatives de la vostra parella. Això us farà sentir més units.**
- **Busqueu l'opinió d'un professional. És important comentar amb una persona experta les vostres diferències d'opinió. Aneu junts**

al pediatre, a les reunions amb els professors o al psicòleg. Us ajudaran a traçar unes directrius més adequades a la situació del vostre fill.

- **Marqueu-vos objectius.** Una bona disciplina exigeix tres pautes: ha de ser planificada, comunicada i imposada amb fermesa per tots dos. Proposeu-los petits objectius concrets: que se'n vagin a dormir a l'hora que els correspon, que no juguin amb el televisor...
- **No us heu de desautoritzar.** Sentir-se rebutjat davant dels nens és humiliant. Cal saber mossegar-se la llengua i respectar les decisions de cadascun, encara que no es comparteixin. Ho podeu discutir a porta tancada, més tard.
- **Compartiu les responsabilitats.** Si el cuido entre setmana, tu el portes dissabte al parc, el banyes i... Igual que tots dos heu de gaudir del vostre fill, tots dos l'heu de cuidar.
- **Sigueu positius.** Defugiu els atacs personals, la ironia, les actituds impassibles o defensives. Cooperar i treballar en equip sempre dóna més bons resultats.

QUARTA PART

Els dubtes dels pares

Actualment, els pares se solen obsessionar per obtenir un excel·lent en l'assignatura de la paternitat, cosa que fa que la majoria de les parelles visqui en un permanent estat de dubte. Cada decisió, per insignificant que sigui, els fa sentir culpables. Es genera tensió entre ells pel fet de tenir diferents punts de vista respecte de l'educació dels fills i, sense voler, els la transmeten. El resultat és el caos: ningú, ni pares ni fills, no sap què ha de fer. La desorientació dóna lloc a una pèrdua de control sobre la situació que pot ser més perillosa que el problema en si mateix.

Quan no sapigueu què cal fer, actueu tots dos conjuntament, formant un equip i aplicant el sentit comú. Segur que us anirà bé.

El decàleg del bon pare

- No et sentis culpable per haver de treballar.
- Pel que fa al temps, més val qualitat que quantitat.
- No et limitis a dir-li que l'estimes. Demostra-li-ho també.
- No vulguis que el teu fill sigui el que t'hauria agradat ser a tu.
- Fomenta les seves habilitats manuals i intel·lectuals.
- Dóna-li molt afecte, però no el malcriïs.
- Aprèn a treballar en equip amb la teva parella.
- Sigues coherent amb el que dius i amb el que fas.
- Consent-li només l'imprescindible.
- Aprèn a posar límits.

Què els hem de consentir i què no?

Això depèn dels pares, però, en general, cal tallar actituds que promouen que d'adults siguin mal educats, consentits o egoistes... Per exemple, que el nen salti damunt del sofà té una importància relativa. En canvi, faltar al respecte a l'avi o a alguna altra persona gran és inadmissible. Senzillament, perquè cap nen no es dedicarà quan sigui gran a saltar sobre el sofà perquè no el van castigar de petit quan ho feia, i, en canvi, un nen a qui es van tolerar grolleries, de gran serà un groller.

Preguntes i respostes sobre les situacions més comunes

És lògic que els pares se sentin culpables quan renyen els seus fills?

Quan això succeeix, potser és perquè inconscientment estan descarregant en ells el seu mal humor, sense motiu. Els nens, cal renyar-los quan s'ho mereixen de debò, en la seva justa mesura i amb independència del nostre estat anímic. És injust que els fills paguin el mal humor dels pares. Si el nen fa alguna cosa malament, cal tallar aquesta actitud, però amb justícia i sentit comú. Cap pare no se sent culpable per renyar un nen que no vol anar a l'escola, oi?

És bo que els avis els malcriïn?

La funció dels avis és precisament aquesta: aviciar-los, consentir-los... donar-los una mica de treva. Els nens distingeixen perfectament les normes que hi ha a cada casa i saben, des de molt petits, a qui poden demanar les coses i a qui li poden plorar. Però, tranquils, els avis no aconseguiran destruir la vostra tasca educativa, sinó que, sense saber-ho, hi col·laboraran. Però, tot i això, no heu de deixar de posar-los límits també a ells. Quan estigueu junts, els avis han de respectar sempre la paraula dels fills pel que fa als néts i estar-se d'intervenir, ja que és aleshores quan podrien sorgir els problemes, perquè desorientarien els nens pel que fa a l'autoritat paterna.

Per què és tan important jugar amb els nostres fills?

El cervell és com un múscul: com més es fa treballar, millor es desenvolupa. Entre els 0 i els 3 anys, el cervell dels nens assoleix el seu grau òptim de plasticitat, per la qual cosa qualsevol estimulació és beneficiosa. I el joc, pel seu component lúdic i d'implicació afectiva, és doblement productiu. Arrossegar-se per damunt del pare o jugar a lletres i números amb la mare enriqueix la relació pares-fill i ofereix al nen variades experiències multisensorials, que facilitaran tant el seu aprenentatge intel·lectual com l'emocional.

Els nens són agressius per naturalesa?

L'agressivitat dels nens no és res més que un reflex de la que reben o veuen. És per això que no s'utilitza la disciplina com a càstig, perquè l'ideal és que els nens aprenguin a respectar-la i no a odiar-la, que és el que passa quan es fa servir per amenaçar. Amb els nens, és més útil recórrer a la psicologia i evitar els enfrontaments directes. Sempre en trauràs més d'anar per darrere, donant la volta a la situació, anticipant-te o portant-los al teu terreny. I, naturalment, valorant també les seves coses bones. No et passis el dia amonestant el teu fill cada vegada que fa una cosa malament, perquè és normal que faci malament moltes coses —n'està aprenent—, i valora més sovint les seves coses positives quan es mostra encisador.

Es pot utilitzar el xantatge emocional per renyar-lo?

No, mai. Quan l'hagis de renyar per alguna cosa, fes-ho amb afecte. No facis servir mai expressions com «Ets molt dolent! Això no es fa!», «Si no em fas cas, no t'estimaré!». És millor que facis servir la fórmula positiva: «La mare t'estima molt i vol que et portis bé, si no s'enfadarà amb tu». El nen ha de saber que el nostre amor per ell és incondicional i indestructible, fins i tot en els mals moments. Això el fa sentir segur, li augmenta l'autoestima i la confiança en els pares.

És normal tenir un fill preferit?

Sempre hi ha un fill amb qui t'entens millor o connectes amb més facilitat. Sigui perquè et dóna menys problemes, sigui perquè compartiu alguna afició o simplement perquè «et cau la bava», t'hi sents identificat. Aquest sentiment de predilecció no suposa de cap de les maneres que s'estimi més un fill que un altre, ja que, en principi, l'amor pels fills és el mateix per a tots.

Què es pot fer quan les baralles entre germans són constants?

Hi ha èpoques, depenent de l'edat, en què les baralles són més freqüents. Però sí, és veritat que quan s'avorreixen o no tenen res per fer, es barallen més. Així doncs, una opció efectiva per reduir les baralles infantils és oferir-los activitats perquè estiguin entretinguts i distrets. És important que al llarg del dia gastin energia física, jugant a l'aire lliure al parc, a la piscina... de manera que a casa estiguin més relaxats.

Què podem fer si cada vegada que veu la bata blanca del pediatre es posa a plorar?

Per evitar aquesta situació, no hem d'anticipar al nen que anirem al metge en la setmana prèvia a la visita, perquè no pateixi i no arribi a estar tan angoixat que es posi a plorar tan bon punt el vegi; sinó que, amb tota naturalitat, el vacunarem gairebé sense que se n'adoni i, posteriorment, valorarem davant seu com ha estat de valent i també el fet que no hagi plorat, i li donarem després algun petit premi: un globus, un conte... D'aquesta manera, associarà la visita al metge amb una cosa plaent i on se sent valorat positivament.

Es pot tenir gelosia de la cangur?

En alguns casos, es dóna la situació que el nen plora quan la cangur se'n va, i als pares els assalta el dubte: «Que potser se l'estima a ella més que no a nosaltres?». Mirem de mantenir la calma; si el nen agafa afecte a la cangur, millor, ja que això indica que fa bé la seva feina i el nen està encantat, per la qual cosa podem estar tranquils. Però sempre hem de tenir clar que el vincle que el nen té amb els pares està molt per sobre de cangurs, professors, avis... Aquests dubtes són només això, dubtes, inseguretats, sense cap mena de fonament.

Hem de castigar els nens quan suspenen o treuen males notes?

No, abans cal esbrinar quin és el motiu. Hem de tenir en compte que, tot i que sembli que la seva obligació és treure bones notes, la intenció és més important. Els hauríem de renyar adequadament quan adopten una actitud passiva i no intenten fer bé la seva feina o no s'hi esforcen. Són més importants els motius que els resultats o els rendiments.

Els hem d'ajudar quan a l'escola els posen un treball molt complicat?

Els hem de donar pautes, pistes, consells... però no fer-los el treball. És bo que el nen aprengui a afrontar petits reptes intel·lectuals i a sortir-se'n tot sol. Sí, en canvi, que és imprescindible prestar tota l'atenció del món quan t'ensenyen el treball que han fet i t'ho expliquen, encara que et perdis el gol del teu equip, perquè això els farà sentir orgullosos d'ells mateixos i respectats per vosaltres.

El pare ha de ser sempre el personatge divertit?

No necessàriament. Algunes parelles intercanvien les seves funcions, però no hi ha dubte que durant els sis primers mesos de vida hi ha algunes tasques que només pot fer la mare. És clar que tot depèn de l'estructura interna de la parella.

Per què s'ha d'implicar el pare?

Perquè el contacte físic que el nen ja té amb la mare és un estímul de primer ordre tant a nivell afectiu com intel·lectual que ni el pare ni el fill no es poden permetre el luxe de desaprofitar. En el joc, el pare ha de deixar que el nen experimenti al seu aire, que s'arrossegui, que s'embruti, i actuar com a coprotagonista de la diversió.

És bo que els germans dormin junts? ¿I si són de diferents sexes? Fins quan?

El fet que els germans comparteixin l'habitació, tant si són nen i nena com si són dos nens, té molts efectes positius en el seu procés de sociabilitat. Es fan còmplices, aprenen a compartir, es fan companyia i, el més important, reforcen el vincle afectiu entre ells. Fins i tot es poden banyar plegats. Però tot té un límit. Arriba una edat, al voltant dels 10-12 anys, en què comencen a tenir interessos diferents i necessiten cadascun el seu propi espai, i això, si és possible, també cal respectar-ho.

Són els nens porucs més insegurs?

La por és una de les manifestacions de la seva ansietat davant del que és desconegut, i és un element natural dins el seu desenvolupament. Quan són excessivament porucs i no aconsegueixen superar les seves pors, ens estan avisant sobre un problema d'autoconfiança i, per tant, d'inseguretat, que cal ajudar-los a superar intentant que ho entenguin. En aquest cas, els contes poden ser uns bons aliats.

És necessària una bufetada a temps?

Segons la meva experiència i la meva opinió personal, donar-li una cleca de manera ocasional a les mans perquè ha tocat un endoll o al culet perquè s'ha portat malament quan són molt petits i per frenar una situació molt concreta pot funcionar.

Però no és un mètode educatiu, ni pedagògic, per fer-lo servir habitualment. A partir d'una certa edat, 10-12 anys, una bufetada en plena cara resulta massa humiliant i segurament desproporcionada; per tant, al nen li sembla injusta. El que genera en ell és molta ràbia i impotència, just el contrari del que hauria de suscitar, que són ganes d'actuar correctament. Però el problema més important no és aquest; la qüestió resideix en el fet que li estem ensenyant a solucionar els seus conflictes mitjançant la violència o l'agressió física, i no li estem donant alternatives ni recursos. En conseqüència, quan s'enfadi amb el seu germà, reaccionarà exactament de la mateixa manera que nosaltres, pegant-li. I si aleshores el castiguem, el nen no entendrà per què està malament quan ho fa ell. I segurament us contestarà dient: «Doncs tu també ho fas». La majoria de les vegades, aprenen més amb l'exemple que no amb els sermons que els donem. Cal intentar dir i fer el mateix per ser coherents.

Què ha de fer un pare si descobreix que el seu fill de 12 anys ha començat a fumar?

Li pot dir: «Mira, tu pots fumar o no fumar. Ja sé que si decideixes fumar, et sentiràs gran, més important. Però si decideixes no fumar, et sentiràs encara molt més important! Descobreix-ho tu mateix!». Sembla arriscat, però si traspasses a ell la responsabilitat de la decisió, el poses en una situació difícil i ja no et pot carregar les culpes a tu i actuar com un nen rebel que fa per regla general tot el que li prohibeixen, tant si li agrada com si no. Els resultats són sorprenents, el nen queda desarmat i li costarà molt prendre una decisió.

Com podem explicar a un nen que hem pres una decisió i que canviarem la nostra manera d'actuar?

Els nens, a partir dels 3 anys, entenen perfectament que existeixen unes normes, i s'hi adapten a l'escola, a casa d'un amic o amb els avis. Així doncs, no hi ha res més senzill que el pare i la mare li expliquin la nova situació i les regles que s'aplicaran a partir d'ara. Els primers dies és lògic que el nen intenti comprovar si la cosa va de debò o no, però tan bon punt s'adoni que la vostra actitud ha canviat i és ferma i invariable, s'hi adaptarà amb una facilitat que us sorprendrà.

Ells també es deprimeixen?

Aquesta malaltia es pot donar des de molt petits. Nens de 5 o 6 anys pateixen símptomes depressius: apatia, desgana, irritabilitat, plors sense motiu, els costa dormir i gairebé no parlen. Els motius solen ser factors genètics i circumstàncies ambientals adverses. Si ho detectem a temps, té solució. Un clima familiar harmònic, suport emocional, molt afecte i el diàleg obert amb els vostres fills els protegeixen d'aquests trastorns i els prevenen.

És normal que els pares tinguin opinions diferents sobre l'educació dels fills?

Sí; quan una parella decideix tenir un fill, no es planteja com l'educarà, i aquesta nova situació canvia tant la manera de reaccionar com la de relacionar-se l'un amb l'altre. És necessari un nou model de relació i plantejar-se seriosament les responsabilitats que suposa el nou paper de pares.

CINQUENA PART

El quadernet dels comportaments del teu fill

En aquest apartat, us oferim la possibilitat de fer un diari evolutiu, no de les pautes de creixement dels vostres fills, sinó de les seves pautes de comportament. Hem elaborat les taules i els gràfics necessaris perquè aneu apuntant en tot moment les diferents reaccions del nen i obtingueu d'aquesta manera un perfil objectiu de la personalitat del vostre fill, així com de les vostres reaccions i els resultats obtinguts.

Si pensem en l'educació dels nostres fills com en una tasca a llarg termini, aquestes taules ens seran de gran utilitat en moments decisius. Tal com expliquem en el primer capítol, les tendències heretades del caràcter es mantenen al llarg de tota la vida, i les reaccions del nostre nadó ens poden ajudar a comprendre les seves respostes posteriors. Ens poden ajudar a orientar els nostres fills tant educativament com emocionalment. Comprovarem el que els posa nerviosos, com s'adapten a les noves situacions i com van ajustant i controlant les seves emocions i sentiments. Una aventura que compartirem amb ells i que també ens servirà a nosaltres, ja que, igual que els nostres fills aprendran de nosaltres, els pares també aprendrem d'ells.

SIGNES D'ALERTA: NENS DE 0-6 ANYS

	Dies d			
• Rebequeries				
• Vòmits				
• Es desperta contínuament				
• Enuresi (se li escapa el pipí)				
• No vol menjar				
• Té pors				
• Plors desconsolats				

nes			Variables		
			Quan	On	Per què

SIGNES D'ALERTA: NENS DE 6-12 ANYS

	Dies de			
• Malsons				
• Tics (menjar-se les ungles)				
• Apatia				
• Mentides				
• Problemes amb el menjar (• menja compulsivament; • gairebé no menja) • Enuresi				
• Està enganxat a la realitat virtual (Playstation, Gameboy, mòbil)				
• No es comunica				

‑es			Variables		
			Quan	On	Per què

DADES PERSONALS: QUADERN D'ANOTACIONS CONDUCTUALS

Edat:_______________ Circumstància: ______________________________

Conductes habituals	Canvis	+
• Actitud cap als pares	• Obeeix • Contesta malament	
• Relació amb els germans		
• Relació amb els amics		
• Rendiment acadèmic		
• Actitud cap a ell mateix: autoestima.		

Reaccions		Resposta pares		
Dubte	–	+	Dubte	–

Objectiu

Si volem educar el nostre fill, abans hem de comprendre com funciona.

Les anotacions que feu us serviran com a «diccionari» per desxifrar el perquè de les reaccions del nen.

Al llarg de la seva vida, el nen manté les seves tendències innates, les quals us marcaran les pautes del seu comportament.

LLINDAR SENSORIAL

Descobreix l'estil comunicatiu del teu fill, quin és el seu canal sensorial dominant.

Serveix per determinar quin és el filtre pel qual arriben les informacions de l'exterior i com les interpreta.

		Descripció resposta activa	Resposta inhibida
• Estímuls lumínics	Sol Llum artificial Penombra		
• Estímuls sonors	Timbre Campana Música		
• Estímuls tàctils	Rugós Suau Pessigolles		

1r ANY DE LA VIDA DEL NEN: MARCA LA PAUTA

Cal observar i anotar les reaccions més habituals del teu fill pel que fa a aquests aspectes al voltant dels quals gira la seva vida i que ens serveixen per desxifrar el seu codi comunicatiu i personal.

Plor	Tan important és si plora molt com si no plora gens, la inhibició també és una reacció i ens indica un estil passiu de resposta.
Son	La dificultat per adaptar-se al ritme de vigília-son ens indica el caràcter nerviós i poc dòcil del nen.
Àpats	Li costa identificar la sensació de gana, no accepta el biberó, o continua mamant fins als 3 anys; el pas al sòlid, l'acceptació d'aquests canvis ens indica la seva adaptació al medi.
Avaluació psicomotriu	La seva manera de relacionar-se, de moure's, si és actiu o passiu, són tendències innates que marquen definitivament el seu caràcter.

Plor	Tipus	1r trimestre (0-3 mesos)	
		reacció nen	reacció pares
Intensitat	Molt forta: sembla que s'esgargamelli		
	Normal:		
	Fluixa: Gairebé no protesta		
Freqüència	Alta: Plor constant sense motiu		
	Normal: Plora quan té gana o son		
	Baixa: Gairebé no plora, protesta		
Dificultat per calmar-lo	Lleu: Quan et sent		
	Moderada: Si li fas cas		
	Alta: No calla fins que l'agafes		

2n trimestre (3-6 mesos)		3r trimestre (6-9 mesos)		4t trimestre (9-12 mesos)	
cció en	reacció pares	reacció nen	reacció pares	reacció nen	reacció pares

Son	Tipus	1r trimestre (0-3 mesos)		2n trim (3-6 me	
		reacció nen	reacció pares	reacció nen	r
Conciliació	Bona: S'adorm sense problemes				
	Normal: Triga 15 minuts a adormir-se				
	Difícil: No hi ha manera que s'adormi				
Interrupció	Rarament: Es desperta a mitja nit amb algun motiu: febre, dents...				
	De tant en tant: Per temporades, es desperta amb pors, plors...				
	Constant: Es desperta cada nit 3 o 4 cops sense motiu aparent				
Despertament	D'hora: A les 6.30 o 7h toca diana i no hi ha manera que torni a dormir				
	Normal: Esmorza d'hora i torna a dormir				
	Tard: Li costa despertar-se i ho fa de mal humor				

	3r trimestre (6-9 mesos)		4t trimestre (9-12 mesos)		2n any		3r any	
ó	reacció nen	reacció pares	reacció nen	reacció pares	reacció nen	reacció pares	reacció nen	reacció pares

Menjar	Tipus	1r trimestre (0-3 mesos)		2n trim (3-6 me	
		reacció nen	reacció pares	reacció nen	
Inapetent o irregular	Sempre: Mai no té gana, no vol tastar res				
	De vegades: No vol ni el que li agrada				
	Mai: Segueix el mateix horari				
Bona gana o mitjana	Sempre té gana				
	Li encanta menjar i tastar gustos diferents				
	Sempre té el mateix horari i no se salta ni un àpat				
Normal o variable	Uns dies menja molt bé i uns altres no tant				
	No s'atreveix a menjar de tot, però ho tasta tot. Li costa				
	El seu horari depèn de la gana que tingui				

3r trimestre (6-9 mesos)		4t trimestre (9-12 mesos)		2n any		3r any	
reacció nen	reacció pares	reacció nen	reacció pares	reacció nen	reacció pares	reacció nen	reacció pares

Evolució psicomotriu	Aspectes a observar	1r trimestre (0-3 mesos)	
		reacció nen	reacció pares
To muscular	Aguantar el cap		
	Gatejar / seure		
	Caminar		
Control mirada	Segueix la mirada		
	Estableix contacte visual		
	No mira als ulls		
Somriure social / comunicació	Contesta amb un somriure a les moixaines		
	Imita els gestos de la cara		

2n trimestre (3-6 mesos)		3r trimestre (6-9 mesos)		4t trimestre (9-12 mesos)	
ió	reacció pares	reacció nen	reacció pares	reacció nen	reacció pares

Conductes típiques	2n any de vida del nen	1r trimestre (12-15 mesos)		2n tri (15-18
		reacció nen	reacció pares	reacció nen
Rebequeries	Intenses: Molt fortes			
	Persistents: Constants			
	Aïllades: De tant en tant			
Hàbits diaris i relació amb els altres nens	Vestir-se i rentar-se: Rentar-se les mans, les dents...			
	Demanar el pipí: Supressió dels bolquers			
	Jocs preferits sol o amb nens			
Aparició del llenguatge	Aparició de les primeres paraules			
	Paraula-frase, «Hola frase»			
	Frases, terceres paraules			

3r trimestre (18-21 mesos)		4t trimestre (21-24 mesos)		(24-30 mesos)		(30-36 mesos)	
reacció nen	reacció pares	reacció nen	reacció pares	reacció nen	reacció pares	reacció nen	reacció pares

Conductes	3r any de vida del nen	1r trimestre	
		reacció nen	reacció pares
Control d'esfínters	Diürn		
	Nocturn		
	Ocasional		
Autonomia	Parla		
	Psicomotriu		
	Son / àpats		
Integració a l'escola	Adaptació a les normes		
	Separació dels pares		
	Gelosia		

n trimestre		3r trimestre		4t trimestre	
ió	reacció pares	reacció nen	reacció pares	reacció nen	reacció pares

Conductes	5è any de vida del nen «És l'any dels límits»	1r trimestre	
		reacció nen	reacció pares
Indepen-dència	Pors		
	Manca d'autonomia		
	Relació i comunicació		
Obediència	Rebel. No s'adapta a les normes		
	Sempre protesta, és tossut		
	És dòcil i raona		
Símptomes psico-somàtics	Enuresi		
	Insomni		
	Fracàs escolar		

…n trimestre		3r trimestre		4t trimestre	
…ió	reacció pares	reacció nen	reacció pares	reacció nen	reacció pares

Conductes	7è any de vida del nen «Els canvis»	1r trimestre	
		reacció nen	reacció pares
Esfera intel·lectual	Raonament: Establiment de les normes		
Esfera afectiva	Autoestima: Elaboració de la imatge d'un mateix		
Esfera social	Empatia: Primeres relacions socials. Els amics		

n trimestre		3r trimestre		4t trimestre	
ió	reacció pares	reacció nen	reacció pares	reacció nen	reacció pares

Conductes	10è any de vida del nen «L'estabilitat»	1r trimestre	
		reacció nen	reacció pares
Esfera intel·lectual	Conductes característiques. Recerca del perquè		
Esfera afectiva	Ja sé com sóc i faig lluir les meves possibilitats. «Estic segur de mi mateix»		
Esfera social	Busca el suport dels seus amics, són molt importants per al seu desenvolupament		

n trimestre		3r trimestre		4t trimestre	
ó	reacció pares	reacció nen	reacció pares	reacció nen	reacció pares

Conductes	12è any de vida del nen «Comença l'inconformisme»	1r trimestre	
		reacció nen	reacció pares
Esfera intel·lectual	Se situa en un pla d'igualtat respecte de l'adult		
Esfera afectiva	Provoca situacions per comprovar els seus afectes i identificar les seves emocions		
Esfera social	Li cal sentir-se reconegut i tenir un lloc dins el grup d'amics		

n trimestre		3r trimestre		4t trimestre	
ió	reacció pares	reacció nen	reacció pares	reacció nen	reacció pares